JN335037

96歳の姉が、93歳の妹に看取られ大往生

松谷天星丸

GENTOSHA

姉の天光光と著者

はじめに――天光光と天星丸

私は松谷天星丸と申します。この九月で満九十三歳になりました。天星丸というのは、父からいただいた正真正銘の本名です。「テンホシマル」と読むのですが、初対面で正しく読んでくださる方は少ないです。テンセイマルさん？　とか、テンセイガンさん？　とか、おっしゃいます。テンセイマルというと、船の名前みたいです。テンセイガンだと、お薬みたいです。だいたい、女性とは思われません。私は、昭和三十一年（一九五六年）に、東邦大学医学部を卒業したのですが、最初に配属された内科では、医局の入口にかかっている名札を見て、「牛若丸みたいな名前の人……」と、男性だと思われていました。

私は四人姉妹の二番目ですが、姉妹全員が父のユニークな宇宙観を反映した名前をいただいています。

三歳年上の姉は、天光光（テンコウコウ）。戦後の婦人参政権が認められた初めての選挙で、二十七歳で国会議員となりました。後に、同僚の国会議員の園田直《すなお》と結婚をし、園田天光光となりました。

すぐ下の妹は、天飛人（アマヒト）、一番下の妹だけ、徳子（トクコ）といいました。妹を産むやいなや、その命を交換するかのように、亡くなった母の名前をつけてもらい、我が姉妹では、唯一普通の名前でした。父・松谷正一は大宇宙の光、星、天駆ける人、そして徳をつむ人生への憧憬《どうけい》を四人の名前にこめたのだと思います。

長じて国会議員となり、その後、政治家の妻として夫を支えた姉。医学の道に進み、基礎医学の分野で、おもに脳神経化学の研究者の道を歩んだ私。そして、子供のころ、一番父を理解し創造力に長《た》けていた三女は結婚して主婦業に専念。公認会計士を志し、懇望されて姉の秘書となった四女。それぞれの人生を歩みましたが、よほど姉妹の絆《きずな》は固かったのでしょうか。再び呼び寄せられるように、四姉妹が、里の家に住むようになりました。

といっても、嫁した三女は、実は同じ敷地に住み、母家《おもや》で三姉妹が一緒に暮らしていました。

途中、末の妹の徳子が真っ先に亡くなるという悲しみを経て、九十代になった姉と私が一つ屋根の下、周囲の皆様のお力を借りながら、お互いを支え合って生活をしてまいりました。

そして、今年の一月、家で膝をついて立てなくなってから、ほんの数日の入院で、姉は天への旅路につきました。九十六歳のお誕生日を祝って、一週間の後のことです。

九十代の妹が、九十六歳の姉を介護し、看取る。それは、今、話題の老老介護というんでしょう。でも、私は何も特別なことをしたという自覚はありません。姉とともに、自分も老いの道を歩んできたということです。

姉との生活ですが、介護のヘルパーさんをお願いして、おそうじや入浴介助などの力仕事をしていただきました。あとは、できる限り、自分の手で行ってまいりました。特に、食事の準備は全部自分でいたしました。それと、私自身、医師として働いていましたので、毎朝、顔色を見て、全身の状態を観察し、血圧や血糖値を測り、脈をとり、排便のチェックをすることが、日課のようになっておりました。まあ、一種の職業病なのかもしれません。

美容師さんが、初対面の方でも、ついつい手が相手のおぐしにいってしまい、髪型を整えたくなるように、また、占い師の方は、握手をすると、握った手を開いて、手相を見たくなるそうですが、私も、自然に姉の起きぬけの状態を診察してしまうんです。

このような、無手勝流の介護を経て、姉を無事に送ることができたのですが、ある日、友人から、思いがけず、感謝されたことがあるんです。

「天星丸さん、あなたの経験が、とても役に立ったのよ」と。

八十代で、会社の代表としてバリバリに活躍していた彼女が、そろそろ後継者を育てておかなくてはならないと思い、七十代の人間に、自分の後を継いで、会社の社長になってくれないかと声をかけました。そうしたら、一人目は健康に自信がないと断り、次に声をかけた人も、社長の激務と重圧に耐えられないから、辞退したいと言うんだそうです。彼女は、自分のところの社員の覇気のなさにがっかりするとともに、私のことを話して、彼らに檄《げき》をとばしたんだそうです。

「あなたたち、何を言ってるの。私の友人は九十代で、九十六歳のお姉様を介護して、無事に送ったのよ。しかも、体重三十八キロで、五十六キロの人を介護してたのよ。やる気さえあれば、どんなことも可能なのよ」

そう言われた社員の方は、社長さんの気迫に負けてか、後を継いで、社長になられたとか。私を引き合いに出して、承諾させたというので、いささか、責任は感じるのですが、まあ、老老介護をしていたのは、本当ですから、しかたがないですね。それに、体重三十八キロが五十六キロを介護していたというのも、本当です。

姉は写真を見ましても、ふっくらとしていて、肌の色艶《いろつや》もよく、臀部《でんぶ》にまあるく肉がついていて、白桃みたいでした。肉食が一切だめで、生涯、お魚とお野菜、穀物が栄養源でしたが、主治医の先生が、姉の体を診《み》て、お肉を食べなくても、よく栄養が行き渡っていますねと、感心していらっしゃいました。

それに比べて、私は多いときでも、体重が四十キロを超えたことはございません。少し疲れると、三十七キロにまで下がってしまいます。ですから、体型は、ほとんど肉のついていない干物です。干物が、大きな桃を抱えることはできませんから、あとのお話にも出てきますが、圧迫骨折をしました。

では、三十八キロが五十六キロをどうやって、介護できたのか。さぞかし、歯を食いしばって、苦しんで、身を削ってのことでしょうと、思われるかもしれませんが、実は案外、そうでもないんですよ。それは、病気をいくつもかかえた姉ですから、ひやっとしたり、どきどきすることが何度もありましたけれど、大半は穏やかで、静かで、楽しい時間でした。

これからの日本は、これまで世界が経験したことのない、超高齢化社会に入っていきます。姉と私のように、九十代同士が介護し合って暮らしていく生活がそう珍しくない時代が来るように思えます。私が体験し、その中で感じたことなど、思い出すままにお話ししましょう。何かのヒントになれば、幸いです。

96歳の姉が、93歳の妹に看取られ大往生　目次

第二章　老姉妹、一つ屋根の下

第三章 見守る幸せ、ゆだねる幸せ

第四章 旅立つ前まで現役で生きるということ

装丁　石間淳
撮影　嶋本麻利沙
イラスト　まゆみん
本文デザイン、DTP　美創
企画・構成　ゆうゆう企画
（安藤優子、渡辺文代、大津敦子）
協力　藤岡回光

第一章

私は家族の看取りびと

#「宿命じゃ！」というオマジナイ

この夏は、姉の遺《のこ》していった荷物の後始末にかかりきりでした。だいたい目処《めど》はついたのですが、この作業、もう少し続きそうです。

八十歳を過ぎて、私が父の遺してくれた敷地に家を建てて、姉と二人の生活を始めるとき、たくさんの荷物は思い切って処分してくださいよと、姉にお願いしたんです。「ハイ、ハイ」と素直に聞くものですから、てっきり自分で片付けたのかと思っていましたら、実はそうではなかった。

長年勤めてくださった運転手さんに相談して、家の近くにアパートを借り、その一室に荷物を山積みにしていたのです。他にも、貸倉庫のコンテナがありました。

もちろん、姉の娘の回光《えこう》には内緒です。そのことを知った私に、姉が申しますには、「捨てるものはない」と言うのです。私には、これらの荷物は、姉が夫の死後、社会的に活動するための、魂をしっかり構えさせる重しのように思えました。ですから、私はそういう姉の思いを無言のうちに胸にとどめて、この荷物は、姉が旅立つまで守ってあげようと心に決めたんです。

娘は、姉の死後、その荷物の山を見て、びっくりしていましたね。自分が捨てたはずだった物がたくさん出てきたのですから。

姉の人生がぎっしり詰まった遺品の山に埋もれて、回光と私はしばしばため息をついたものです。と、同時に、この気持ち、ずーっと昔に味わったことがあると気がつきました。八十余年も前の、幼いころの思い出です。

三歳上の姉は元気で、活発、何事にも興味を持ち、いっときもじっとしていないタイプでした。それに比べて、私は、泣き虫で、大人しくて、すべての行動がのんびりしていて、姉の行動についていくのが精一杯でした。

姉と二人、よく家の中で反物屋《たんものや》さんごっこをして遊んだものです。紙でおうちをこしらえたりして。途中でお友達が「こうこちゃん！（姉はそう呼ばれていました）」と誘いに来るんです。のんびりやの私の相手に飽きていた姉は、「はあい！」と大きな声で返事をするやいなや、外に飛び出していきます。

残された私は「待って、おねえちゃま」と半べそをかきながら、散らかしたあとを片付けているのです。そうすると、母が手仕事の手を休めて、台所から顔を出し、「こうこさん、待ってておあげなさいよ」と声をかけてくれるのです。そのやさしい声を聞くと、姉に置いてきぼりにされそうになって焦る気持ちと、母に甘えたい気持ちがないまぜになって、べそをかきながら、姉のあとを追うのでした。

姉の遺品を片付けていると、そのことが思い出され、母の慈愛あふれる声のトーンまで、まるで、昨日のことのようによみがえります。そして、ふと、思うのです。これが、私たち姉妹の宿命なのだろうかと。

実は姉も、そういう思いを抱いていたらしく、昭和六十二年（一九八七年）に、私が当時勤めておりました、愛知の藤田保健衛生大学を定年退職したときに、有志の方が作ってくださった本に寄稿し、こう書いています。「なんでも散らかすのが私で、片付けるのは妹でした。これはどうも、六十年経《た》った今でも、変わっていないようです」。いえいえ、九十年経った今でも同じでしたね、お姉様、と、つい言葉に出してしまいます。

何年か前、ＮＨＫの大河ドラマ「風林火山」で、市川亀治郎（現、四代目市川猿之助）さん演じる武田信玄が、「宿命《さだめ》じゃ！」と、叫ぶ場面がありました。

「宿命じゃ！」

テレビで初めて聞いたときから、このセリフは心に響き、私を支えてくれる言葉となりました。何か自分で納得できないとき、なんでこんなふうになってしまったのかしら、他の道はなかったのかしら、**どうして私がしなければいけないのと心が曇るとき、「宿命じゃ！」と声に出して言った**ことがあります。

そうすると、**じたばたしなくなり、腹が据わってくる**んです。テレビで覚えたこの言葉が、私のオマジナイになり、またがんばろうという勇気を与えてくれるのです。

そうなんですね。私はお姉様の後始末をするのが、宿命だったんですね。

姉の宿命、私の宿命

私たち姉妹の父親・松谷正一は大変ユニークな人物だったと思います。明治二十二年（一八八九年）に四国、今治《いまばり》の人形問屋の嫡男《ちゃくなん》として生まれたのですが、家業は継がず、政治家を目指して、東京に出てまいりました。そこまでは、どこかにもありそうなお話ですが、松谷家の変わっているところは、家出した子供のあとを追って、両親が店を畳んで上京してきたことです。家業を嫌い、一旗あげようという子供の野望に、とことん付き合う両親というのも、これまたユニークです。

父は上京後、出版社をしたり、兜町《かぶとちょう》でコメ相場をはるなどの実業家になったのですが、横浜英和女学校出身で、新渡戸稲造《にとべいなぞう》先生の秘書をしていた母と出会い、一目ぼれして結婚しました。

父は自分の子供に対して、明治維新を成し遂げた志士のような革命家になってほしいという思いがあったようです。ですから、最初の子には、天馬八郎という名前を用意して、男の子の誕生を待っていたのですが、生まれてきたのが、女の子だったので、少しがっかりしたようです。それならば、宇宙の光を身に受けて、世の中や人々を照らす光となってくれという願いをこめて、天光光《てんこうこう》と名付けました。それが、長女・天光光です。

三年後、今度こそ、男の子と思っていたところ、またまた生まれたのは女の子で、父はどれほどがっかりしたことでしょう。姉は私の名前の由来について、こう聞かされていたそうです。

母は私が生まれたとき、大変不思議な夢を見たそうです。大地をシッカリ踏みしめる二本の太い足が、下からだんだんとあらわれて、全部あらわれ切ったとき、日蓮上人《にちれんしょうにん》の姿となった。……そこで、目が覚めて、私が生まれたそうです。その話を聞いた父は、また女の子だったことの失望感を忘れて、天星丸《てんほしまる》という名前を思い立ったようです。

その後、生まれた妹は、天飛人《あまひと》、そして、最後に一番下の妹を産んで、三日目に母は急逝《きゅうせい》してしまったのです。妊娠七ヶ月のとき、母は感冒《かんぼう》にかかり、お医者様の往診を頼みました。そのとき、肺炎の注射の代わりに、モルヒネを打たれてしまったのです。そのために早産し、子供の命と引き換えのように、母は亡くなってしまいました。昭和四年（一九二九年）三月二十九日のことでした。

私はそのとき、六歳。四月には学校に入学できるという希望に胸を弾ませていましたが、家の空気が一転し、暗く、重苦しいものになってしまったことを、今でも心のどこかで覚えています。

当時、上野桜木町に住んでいましたが、家に大きな桜の木がありました。春になると、毎年、たくさんの花を咲かせていたのですが、母の亡くなった年は、つぼみが一つも開花せず、いつの間にか、木自体が枯れてしまいました。そのことを気にした父は、母の思い出が詰まった家を払い、新宿の落合に転居しました。一切の実業、社会とのつながりを絶って、お経三昧の日々を送るようになった父の関心はもっぱら、母の遺した四人の娘たちの教育に注がれました。姉は十歳、私は六歳、妹は二歳、末の妹は生後三日。私たち四姉妹の教育は、次の母と暮らすようになるまで、すべて父の手で行われていました。

明治維新の志士のような男子を育てたいと願った父は、私たちに、男の子のような格好をさせました。オールバックの断髪に、乗馬ズボン、そして、黒い革の編み上げの靴。そんな格好で学校に行ったら、いつの時代でも、いじめっ子の格好の標的ですよ。

気の回る姉は家の庭の木の陰に女子用の服を用意しておき、こっそり父の目を盗んで着替えて通学したようですが、私は到底そんな気は回りません。父の言う通りの格好で通学し、まんまといじめの餌食《えじき》になりましたよ。でも、それ以前に、名前でずいぶんとからかわれていましたので、学校に行くころには、かなり、いじめに対する耐性ができていたような気がします。

父の理想の人間教育を施されたというのが、私たち姉妹の、言ってみれば宿命なのでしょう。父の理想の人間とは、今にして思うと、自分の考えを持ち、経済的にも自立して、世のため、人のために尽くす人間です。そんな人間に娘たちを育てたいということだったと思います。

そのために、男装をさせられ、また、男子と同じような教育を受けることを勧められました。狭い日本からの発想ではなく、世界的な視野で物事を考えることの重要性を説き、当時としては珍しく、男子校と同じ英語の授業時間数があった、青山学院の高等女学部への進学を後押しされたのです。

青山学院の後、姉は戦時下にもかかわらず、東京女子大学、早稲田大学へと進みました。私も姉のように、上の学校に進学して、勉強したいと思っていましたが、女学校の四年の終わりに、体調を崩してしまったんです。

結核から生還する

最初は少し休めばよくなるだろうと考えていたのですが、日に日に悪くなり、とうとう床についてしまったんです。近くの開業医から、東京帝大病院にまで行きましたが、一向に原因がわかりません。

病状はどんどん悪くなるばかりで、つてを頼り、広尾《ひろお》病院で診察を受けました。そこで、診断されたのが、結核性の肋膜炎《ろくまくえん》と腹膜炎《ふくまくえん》。「もっても、二、三日かもしれません。覚悟をしていてください」と。

当時、結核性の病といえば、死亡宣告を受けたようなものです。死の病です。ましてや、戦時中ですから、病院に食料がないため、入院を受け付けてくれないんです。だからといって、帰すわけにいかないと思ったんでしょう。長いこと、廊下で、ストレッチャーに寝かされていたことを覚えています。

そうしたところ、知り合いの先生が「死んでもいいんなら、預かる」と言ってくださって、二十人くらいの大部屋に入院させてくださったんです。

入院したときは、胸に水がたまっていて、その水を抜くと、大きな瓶《かめ》いっぱいになるくらいでした。吐く息、吸う息、一息ごとに、本当に苦しかったのです。二十人くらいいた病人が一人亡くなり、二人亡くなりして、生きて病院を出られたのは、私一人でした。退院するとき、先生に言われました。「この病室で退院できるのは君だけだよ」と。

十代の若い身空で、余命二、三日の宣告を受けて、さぞ落ち込んだことでしょうとお思いになるでしょうが、私には、心の動揺はあまりありませんでした。青山学院では毎日、二時間目にお祈りの時間があり、聖書の勉強をしていたため、何か、生き死にということに関して、達観したところがあったのです。

聖書に「あなたがたのうち、だれが思い悩んだからといって、寿命をわずかでも延ばすことができようか」という箇所がありますが、**命は神様からいただいたもの、人間の思惑ではどうにもならない、**という気持ちがありました。だから、「神様、治してくださるなら、早く治してください。死ぬのでしたら、喜んで、神様のおそばに行きます」と祈っていました。

それと、父からの教えも気持ちの中にありました。何事も、あきらめないで、一生懸命取り組めば、必ず道は開ける、どんなときも自立していきなさいという考えです。無意識ですが、生き死には神様の御旨《みむね》にゆだね、体が少しでも楽になるように、呼吸を整えるとか、自分自身の本能のままに養生していたのだと思います。そうこうしているうちに、予告された、二、三日の山場を越え、一ヶ月を生き延び、二ヶ月になり、とうとう退院できたのでした。

食料事情が最悪な時期ですから、栄養のことなんか考えられません。しかし、不思議なことに、生き返らせていただき、九十三歳まで生きているわけなんです。**私が病から生還できたのは、キリスト教の神様の教えと、自立して、精神力を鍛えよという、日ごろの父の教育の賜物《たまもの》**と感謝しております。

自立せよ、世の中の役に立つ人物になれ、という教育方針は、自分が病気になったり、窮地に追い込まれたときに、ある底力を発揮するものではないかと、今にして思います。

宿命に従うか、抗《あらが》うか

松谷正一、とく、との子として生まれ、早くに母を亡くし、父の手によって、教育されたというのが、私たち姉妹の宿命ですが、人生の岐路に立ったときの行動では、姉と私とでは、だいぶ異なりました。

父は、私にとって、尊敬すべき、偉大な存在でしたので、父に反抗するとか、父とぶつかって、自分の意思を貫き通すということはありませんでした。まあ、自分の浅薄な知恵や頭で、ゼロから考えるより、父に相談し、話し合い、父の意見をよく聞いて、行動した方が間違いないと、合理的に考えていたのかもしれません。

しかし、姉は違いましたね。姉は私が記憶している限り、三つの出来事で、父とぶつかり、壮絶な戦いを繰り広げています。

最初の戦いは、東京女子大学に在学中、喜多流《きたりゅう》の能を習いたいと言ったときです。学校の行事で、能を見学してからというもの、その夢とも現《うつつ》ともつかない幽《ゆう》玄《げん》の世界に、一度で魅了されて、どうしても謡《うたい》を習いたいと、父に話したんです。

父は、「学生の分際で、何を言う。謡を習う時間があったら、歴史の本の一ページでも読め」と、烈火のごとく怒り、絶対に許しませんでした。姉も姉で、これは魂からの懇願だと言って、引き下がりません。自分のお小遣いをやりくりして、お稽古に通っていました。

それを知った父の怒りは沸点に達しました。あるとき、姉を和室に呼び、「稽古をすぐにやめなさい」と睨《にら》みつけます。姉は口をへの字に閉じて、「いえ、絶対にやめません」と、押し問答。そのうち、すっと部屋を出た父はバケツに水を汲《く》んできて、姉の頭から、水をかけます。とはいっても、父はやっぱり親ですね。バケツの水しぶきは姉にかかっても、ほとんどは、障子やふすまの唐紙にぶちまけているのです。「これでもやめないか」と父。「やめません」と姉。それを何回くり返したでしょうか。

見るに見かねた私たちが「二人共、意地を張るのはやめて。家がくさっちゃうわ」と泣いて父をなだめたんです。水をかけるのをやめた父に、姉は「それでも、私はやめませんよ」と宣言しました。この戦い、姉の勝利です。

二回目は国会議員になったいきさつです。東京郊外の稲城《いなぎ》というところで、私たちは終戦を迎えたのですが、私たちに限らず、日本国民全体が茫然自失《ぼうぜんじしつ》という感じで、極端な無力感に襲われていました。私は大病後の療養生活で、寝たり起きたりの状態でした。

そんなある日、姉がＮＨＫラジオの番組で、家族との再会だけを楽しみに、生き延び、命からがら外地から引き揚げてきた兵隊さんの話を聞きました。その兵隊さんの家族は東京大空襲で全員が亡くなり、家もなく、ふらふらとたどり着いたのが、上野駅の地下壕《ごう》でした。そこで兵隊さんが見たのは、まさに生き地獄。浮浪者と孤児で、満杯になったところに、餓死者がそのまま放置されていた。その状況を見たとき、その兵隊さんはこの餓死者の姿は明日の自分かもしれない、自分たちはどうやって生きていけばいいのだろうと、切々と訴えたそうです。

姉はその放送に強く心動かされ、父に言いました。「お父様、このような地獄のような状況が本当にあるのでしょうか？　一度この目で確かめたいのですが」。それで、父と姉と当時家にいた書生の三人で上野駅に出かけたんです。そこで姉たちの目に映ったものは、聞きしに勝る悲惨な状況でした。そのとき姉の心に浮かんだのは、「生き残された者、餓死しては相すまん」という思いでした。

あのすさまじい戦火をくぐり抜けた者が、なぜ飢餓で命を落とさなければならないのか、それを防ぐのが、生き残った者の務めではないかと考えたそうです。そのことを父に話すと、父は姉に、「今日、上野で見てきたことをみんなに話してごらん」と。父の勧めもあって、焦土の新宿西口で話を始めました。

姉の演説に心動かされた人たちが大勢集まり、餓死防衛同盟という、一種の市民団体のような集まりができたんです。その方たちの強い後押しがあって、姉は昭和二十一年（一九四六年）の第二十二回衆議院総選挙に立候補し、当選して、女性初の衆議院議員の一人となりました。父と姉が対立したのは、実はそのときなんです。姉の中に、強い正義感、発信能力、意思の強さ、困難を突破する馬力を見出《みいだ》した父は、多くの人たちと一緒に、姉の国政への出馬を強く促しました。

それに対して姉は、政治は汚い大人のするものだ、自分は純粋に、飢餓で人間が命を落とすことがないように、みんなで力を合わせて行動しましょうと訴えているだけだと強く反発しました。政治屋になんかなるのはいやだ、そのような気持ちでしゃべっていたと思われただけでも悔しいと、父に泣いて抗議しました。三日三晩、泣き明かしたと姉は言っていましたが、その後、周囲の説得もあり、ついに姉は観念して立候補を決意しました。このときは父の粘り勝ちです。

三回目の戦いは、国会議員になってからです。姉の中に、若いころ政治家を目指した自分の夢を重ねたのか、父は姉の政治活動を一心に支えました。父だけではなく、私たち姉妹も、みんな、姉の選挙に駆り出されました。

あるとき、妹三人で話したことがあります、**姉がお雛様《ひなさま》で、私たちは、姉を支える三人官女ねと。**

私たち三人官女の生活は、姉の政治活動中心に回っていました。姉の政治活動のお仲間の先生たちも、よく我が家にやってきては、食事をしたり、父と議論をしたり、と、我が家はまるで、若い政治家たちの梁山泊《りょうざんぱく》のようでした。

その先生方の中に、後に姉と結婚する園田直もいたのです。園田氏は若手政治家の中では、落ち着いて飾り気がなく、野武士のような雰囲気がありました。風貌とは反対に妙に愛嬌《あいきょう》があり、話も愉快で、姉がいなくても家にやってきては、私たちに面白い話をしてくれて、楽しく過ごしておりました。そのうち、園田氏と姉が恋仲だという噂《うわさ》がどこからともなく、私たちの耳に入ってきました。「まさか！」というのが、父と私たちの感想でした。園田氏には、熊本に妻子がいるではないか、そのような男と天光光が付き合うわけがない。しかしそれは、まごうことない事実で、姉の口から結婚の許しを乞《こ》う言葉を聞いたとき、父は烈火のごとく怒りました。

私たち姉妹も、こぞって反対しました。それでも、姉は父や私たちの反対を押し切って、園田氏との結婚を決行したのです。いよいよ姉が家を出ていくという朝、一番下の妹・徳子が一人、姉の後見人として、一緒に母のお墓についていきました。父と姉の三度目の戦いも、姉の勝利で幕を閉じました。

私の道を生き始める

姉の電撃結婚で、私たち家族は本当に、混乱しました。大きなショックを受けました。お雛様を支える三人官女も、一夜にして失業です。そして、私たちそれぞれが自分の人生について、考え始めたのも事実です。

私の場合は病気療養で五、六年、家におりましたから、余計、どう自分の人生を設計したらいいか、本当に迷いました。小さいときから、本が好きで、コツコツと机に向かって勉強するのが好きだった私に、父は、「机の虫」というあだ名をつけていました。それと、割合、理科系の勉強が好きでした。特に化学的なことに興味がありました。

母から読んでもらった「キュリー夫人」の伝記が、自分の心に強く残り、あんなふうになれたらいいな、という憧れがありました。

科学に対して畏敬の念を持っていた父からは、早稲田大学の応用化学科への進学を勧められましたが、母も急逝していますし、私自身、青春の一番よいときを病床で過ごしたものですから、病気の正体を見てみたいという気持ちもあり、医者になりたいと思いました。医者になれば、経済的にも自立できますし。

そう言いましても、周囲の人たちは、みんな、口を揃《そろ》えて、大反対です。「女学校の五年になったとき病気になり、その後の療養生活は五、六年に及んだじゃないの。そんな体で、医学部に行くのは無理。万が一医学部に入っても、一人前になるのに十年はかかる。大変な年になってしまうわよ。それに、女学校に四年しか通っていないので、卒業の資格がないじゃないの」と。

そう言われても、医学への夢は決して消えることはありませんでした。

当時、医学部受験には必須科目単位が規定されており、私は医学部進学課程を二年かけて修業し必要な単位を取得して、やっと医学部受験のスタートラインに立つことができました。そのとき三十歳になっていました。

他の方よりも十年遅れているわけですから、入学試験を受けても年齢で落とされることもあるかと思い、あらかじめ各大学の事務局に尋ねてみましたが、中には、年齢制限で受験資格はないと断られたところもありました。

戦後に女子医専から男女共学になった東邦大学は、戦前から女子の数少ない理科系の学校の一つとして、ずっと私の念頭にありました。それで東邦大学医学部を志望校と決めて、受験に際し、学長のお考えを聞きたく思いました。

とはいっても、学長と面識はありません。まず、事務局に行き、どうしたら、学長先生と面会できますか、と伺ったんです。そうしたら、事務局の方が、「学長は、毎日、決まった時間にここを通られますから、そのときにお話しするといいでしょう」と教えてくださったんです。

そして、翌日、学長を待ち構えて、伺ったんです。「私は病気療養で、十年遅れてしまいましたが、このように元気になった今、どうしても、医学を志したいのです。どうか受験の機会をお与えください」と。そうしましたら、学長が「我が校は年齢制限はありません。どうぞ受験してください」と。私は、見ず知らずの、年をくった受験生をあたたかく遇してくださった学長の寛大さに感激して、猛勉強し、晴れて東邦大学医学部に合格したんです。このお話をしますと、皆さん、あなたも大人しそうに見えるけど、天光光さんに似て、すごいバイタリティね、とおっしゃいます。そうかもしれません。**壁があったら、必ず乗り越えられるから、ひるむな、という父の教え**が、こういうところで活《い》きてくるのかと、改めて思い知らされます。

医師人生を決めた一冊の本

キュリー夫人の伝記に感銘を受け、医学部を目指しての勉強中、私は特に生物学に興味をひかれました。昭和二十七年（一九五二年）、東邦大学医学部に入学してからは、生化学に興味がありました。昭和三十二年、インターン終了後、代謝疾患とか、腎疾患に取り組みたいと思って、東邦大学第二内科学教室に入局しました。

そのころは、臨床検査機構が今のように発達していませんでしたから、自分で心電図や基礎代謝の検査をしたり、採取した検体を持って、院内を走り回っていました。

私は毎日が新しい発見と目からうろこの体験の連続で、誇りを持って、夢中で患者さんと病気に取り組みました。内科というものがどんなものか、おこがましいようですが、おぼろげながらわかったころ、自分の基礎知識の貧弱なこと、また、疾患について、未知のことがいかに多く存在するかに気付き始めていました。

ちょうどそのころ、東邦大学医学部に、第二生理学講座が創設され、アメリカ留学から帰国された新進気鋭の塚田裕三《やすぞう》教授が着任されました。私は内科の指導教授のご推薦により、塚田教授の門下に加えていただきました。

塚田先生は、最初は、男性の助手が欲しかったそうです。ところが、女性で、しかも晩学ですから、先生とは同い年なんです。相当戸惑われたと思いますが、私も、好きな分野の学問ですから、一生懸命勉強して、先生の厳しい指導に、必死でついていきました。

あるとき、先生が一冊の原書を私に渡されたんです。「その原書を読んで、医学部の学生に講義をしなさい」と。

『Biochemistry and the central nervous system』

日本語に訳すと、『中枢神経系の生化学』でしょうか。

その本は、私のその後の医師人生を左右し、一生抱えている本になったのです。基礎医学には、いろいろな部門がありますが、私のやったのは、生理学といって、人体の仕組みや働きを見る学問です。体の営みを見るものですから、医学の一番元です。その中で、怒ったとき、体の中に、どんな物質ができるのか、伝達されるときに、どんなふうに働くのか、その機能を生化学的な面から研究するのが私の歩いた分野です。

実験には、マウスやラットといった動物を使わなければ研究できません。ときには、実験の進行上、研究室に寝泊まりしていました。泊まらないときも、終電。タクシーを使うこともありましたので、大枚がどんどん消えていくんです。同僚のお医者さんたちは、私の様子を見て、

「私は生理の紅一点《こういってん》。今夜も終電車に乗り遅れ、聖徳太子と泣き別れ。涙でかすむ夜の星」

という歌を作ってくれました。

当時、日本のいたるところで、脳性麻痺《のうせいまひ》児の悲惨な姿を見かけました。心身に障害を持った子供たちの問題は、単に社会問題として取り扱われていたのです。

そのことに強く心動かされた、同窓女性の大先輩たちの尽力で、医学的対策を旗印として、世に先駆けて専門病院と研究所の設立が計画され、昭和三十九年（一九六四年）に、東京都武蔵村山《むさしむらやま》市の見渡す限りの畑の中に、東京小児療育病

院と脳性麻痺研究所が発足したのです。私はそこに、脳の発育、成長、老化の経過を研究する専任職として赴任しました。

そこは、日本で初めての脳障害に対する神経化学の専門研究施設でしたので、すべて、手探りで始めました。当時、建物も全部は完成しておらず、むき出しのコンクリートや鉄骨の見える部屋で、器具集めからスタートしました。

その後、全国で、同様な趣旨の公的機関が作られるようになり、その分野の研究は飛躍的に進んだのです。脳障害の医学的対策の発展に投げられた最初の石の一つとして、私もその一端に貢献できたことと自負しています。

その後、愛知の藤田保健衛生大学医学部総合医科学研究所の発達生理学部門をあずかる教授として、赴任いたしました。

基礎医学に没頭して以来ずっと、私は脳の生化学的異常と行動学的異常との相関関係を追究してきました。

藤田保健衛生大学教授を六十五歳で定年退職してからは、川村学園女子大学の教授や母校の東邦大学医学部に客員教授として、第二の奉職をいたしました。

天光光が帰ってきた！

姉、続いて妹の天飛人が結婚で家を出て、府中《ふちゅう》の実家では、父、そして再婚した継母、妹の徳子と私の四人の暮らしが営まれていました。しばらくして、父、継母が亡くなり、天飛人一家が敷地内に家を建て、最初に戻ってきました。さらに十数年後に、姉、天光光もまた、実家に帰ってまいりました。

私たち姉妹が、子供のころのように、一つ屋根の下で暮らすようになったのは、園田直が昭和五十九年（一九八四年）四月二日に七十歳の若さで亡くなってから数年後でした。亡くなったとき、姉は六十五歳でした。私は六十二歳。

熊本県天草《あまくさ》の村長から、国政に立候補し、一度の落選を経て、国会議員となった義兄は持ち前のバイタリティと正義感で、日本の復興と世界の平和のために働き、厚生大臣、衆議院副議長、内閣官房長官、そして、外務大臣を歴任いたしました。水俣病《みなまたびょう》認定や日中平和友好条約締結という大きな仕事に全身全霊で取り組み、成し遂げると、力尽きたかのように病を得て、糖尿病悪化による心不全で亡くなったのです。

生前に後継者を決めておかなかったため、支持者が分かれて、姉も立候補せざるを得ない状況に陥ってしまいました。私たち姉妹はまた姉を支える宿命を生きたわけです。弔《とむら》い選挙が終わり、姉に残されたのは、莫大《ばくだい》な借金、という過酷なものでした。私たち、周囲の者は明日からの姉の暮らしを思い、おろおろするのですが、**腹の据わった姉は少しも動じません。「どうにかなりますよ。どうにでもなりますよ」とでーんと構えている**のです。

しかし、明日から住む家もなければ、生活のあてもないわけです。周りの人たちは、半ばあきれてこう言ってました。「官房長官までやって、家を持たなかったのは、園田さんだけだ」と。どうして、そうなったのかといえば、やはり、夫婦揃って、お金に無頓着だったからでしょう。姉は結婚するとき、義兄にこう言われたそうです。「金銭のことで、何を誹謗《ひぼう》されても心配するな。俺には、絶対そういうことはない。だが、女の問題じゃわからんよ」と。

事実、姉はお金の苦労を、若いうちからずいぶんとさせられたようです。義兄は政治活動では、自分の理想を追求するために、どうしても、お金がかかったそうです。その金策は全部姉の肩にかかってきていました。でも、姉はそれを苦労とも思わなかったようです。というのも、姉は女学校のころ、父から、質屋でお金を借りるという経験をさせられているのです。

これも、父の教育の一環でした。あるとき、父から、「これから、質屋に行ってきなさい」と言われました。「質屋って何？」と尋ねる姉に、父はこう言ったそうです。「人生、これから何があるかわからない。明日のコメにも事欠く日がやってこないとも言い切れない。そのようなときは、人様に無心をする前に、まず自分の持っているものでなんとかしなければならない。質屋というのは、客から品物を預かって、それを担保にしてお金を貸してくれる。一定期間、借りて、その間に金を返せば、品物は帰ってくる。売るのではなく、一時的に預かってもらうところなのだ。世の中には、そういう便法があるんだ」と。

その、質屋での模擬経験が、結婚後に大変役に立ったと、姉は苦笑していました。そのようなわけですから、家族のための家屋敷を整えるという発想は、姉にも、義兄にも全くなかったのだと、私には思えます。

事実、日ごろの政治活動費から事務所の費用、そして、選挙をするときの莫大なお金の調達も姉が中心になって行っていました。ですから、自分の家計は後回し、姉も心の中で、国民の生活と平和が第一で、自分の家族は雨露がしのげる家に住んで、毎日ごはんが食べられればよいくらいに考えていたのではないでしょうか。

ですから、義兄の弔い選挙を終え、息子の博之さんにこれからの政治をバトンタッチして、東京に帰ってきたとき、これから住む家から考えなければなりませんでした。とはいっても、姉の身一つならば、小さいお部屋一つで、どこでも構わなかったのですが、義兄の長年にわたる政治家としての活動でたまった資料など、整理してもし切れないものが山ほどありました。それを抱えての家探しでした。幾度か転居も重ねました。そして、あるときから、父が遺してくれた府中の家で、私と妹がお手伝いさんと一緒に、合宿生活をしているようなところに、姉が帰ってきたのです。

今、姉の娘と私が格闘している荷物の山に埋もれていると、姉と過ごした日々が鮮明によみがえります。そして、気がつくことは、**私が姉を看ていたように、姉も私をじっと看ていてくれた**のだということです。子供のころ、長子としての誇りと責任感で、私たち三人官女を従え、雄々しく道を切り開いて歩んでいった姉、天光光の眼差《まなざ》しは、最晩年の日々でも変わらず、「静かに私を支えてくれた妹よ」という慈悲の光をたたえていたのだと、感じます。

家族の看取りびととして

数年前、『おくりびと』という映画が話題になりましたね。いろいろな事情で、葬儀屋になった人が、亡くなった方をあの世に送るという仕事の中で、生と死を思い、遺された人たちの心の癒しを考えるという、とても叙情的な映画でした。

葬儀屋さんがおくりびとだとすると、私はさしずめ看取りびとといえるのではないでしょうか。何年にもわたって直接介護をしたのは、姉一人ですが、実の母の、最後の息を引き取る瞬間に立ち会った六歳のときの体験をはじめとして、昭和四十五年（一九七〇年）に父を、続いて、四十八年（一九七三年）に継母を、平成十七年（二〇〇五年）に末の妹・徳子を看取っていますから、それが私の宿命なのだ、と思っています。

父は胃がんでした。父は元来、虚弱な体質だったと思います。わりに細くて、すぐ風邪をひいて、母より先に死ぬと言われておりました。それが、思いがけないことで母を亡くし、一切の実業から手を引き、お経三昧の生活を送りながら、子供の教育に生涯をかけてきたわけですが、後添えをもらってから、やはり元気になったように思えます。

継母は、食事をとても大切にする方でした。毎食ごとに、キチンとお膳を出して、たくさんの小鉢にきれいにお菜を盛り付け、食の細い父のお箸が少しでも進むように考えていました。極めつきは、食事ごとにお茶碗《ちゃわん》を変えていたことです。朝のお茶碗、昼のお茶碗、夜のお茶碗と、気分を変えて、新鮮な気持ちで食事をとってもらいたかったのでしょう。

そのような継母の努力もあって、父は八十一歳まで生きました。七十代後半から体がだるかったようですが、病院嫌いですので、検査に行かないんですね。今と違って、精密検査も発達していなかったので、病気が見つかったときは、かなり進んでいました。

当時、私が勤めていた病院に入院したのですが、病院では手術を勧められました。しかし父は手術はこわいからと言って受けず、丸山ワクチンで治療しました。それでも、一度は退院できるくらいに回復して、二年くらい家で過ごして、八十一歳で亡くなりました。四十五年前ですから、当時の日本の男性の平均寿命より、だいぶ長生きしました。大往生と言っていいのではないでしょうか。

継母も日ごろ元気な方でした。若いときの持病が原因で、体調を崩し、家で臥《ふ》せりがちになりました。私がまだ内科臨床におりましたころで、母校の東邦大学大橋病院に入院してもらいました。

ある日、継母が入院していた内科の婦長さんが私のところに来て、「先生、うちに連れて帰りなさい。お母さんは這《は》ってでもいいから、家に帰りたいと言っているわよ」と言うんです。

私としては、内科医として忙しく、妹は妹で仕事があるため、家を空けることが多く、とても介護の担い手にはなれません。病院にいてくれた方が安心なのですが、本人のたっての希望ですので、家に連れて帰ってきました。継母の看病は思ったより、楽でした。本人が不自由なりに、自立してやっていましたし、住み慣れた家ゆえに安心して暮らせたのだと思います。往生際も、とてもよかったです。

長患いをすると、中にはなかなか死ねない人もいるわけです。何度も危篤《きとく》になり、家族が呼ばれるということを何回もくり返すという具合に。そうすると、周囲の人たちも疲れてきて大変ですが、何より、ご本人が辛《つら》いのではないかと思います。

体験したことがないので推測ですが、三途《さんず》の川の辺りまで行って、また引き返してくるというのも、エネルギーがいるのではないでしょうか。継母の場合は、たまたま私が家にいるときに、お手洗いに行ったんです。そうしたら、お手洗いから「お水、お水」という叫び声がするんです。慌てて駆けつけると、継母がしゃがみ込んで、「神様のお水をください」と騒いでいるではありませんか。

そのころ、我が家では、九州の光妙教会という宗教団体の、命のお水というものを瓶でいただいていました。まだ義兄が生きているとき、後援者から紹介されて、生き仏様と言われていた女性の教祖様とご縁ができ、そこにお参りに行ったときの選挙では、最高得点で当選したといういきさつがあります。

私も姉に誘われて、本殿に伺い、教祖様にお会いしました。命のお水という霊水を家でも常備して、疲れたとき、体調の悪いときなど、いただいていました。継母もそのお水が好きで、よくいただいていました。

お手洗いで倒れた継母は、そのお水を所望し、いただき、そのままおふとんに横になりましたが、様子がおかしいので、救急車を呼びました。救急車が到着するかしないかのうちに、脈がなくなりました。私が死亡を確認したのですが、救急隊員は、死亡診断書を書くのに、私ではだめだと言うのです。そして主治医が到着するまでの間、救急隊員は一生懸命、人工呼吸を施してくれました。もう亡くなっているんだから、いいんじゃないですかと言ったんですが、真剣にしてくださいました。本当に、大往生でしたね。

末の妹・徳子の旅立ち

末の妹・徳子が、四姉妹のうちで一番早くに他界したのは前にお話ししましたが、徳子の場合は、私自身医者として、ある種、苦い思いを残しているんです。一緒に生活しながら、あんなに悪くなるまで気がつかなかった、気付いてあげられなかったという悔いがあります。

妹は七十六歳でしたが、おしゃれで、いつもスタイルを気にして、オールインワンというガードルのような矯正下着をつけていました。ピンヒールを履いて、しゃかしゃか歩いていたから、お腹《なか》に水がたまっていたとは、思いもしませんでした。

あるとき、どうもお腹周りが尋常ではないと感じ、「あなた、どうしたの、お腹見せなさい」と。下着をとらせて、診たら、赤ちゃんみたいにパンパンにはれているではありませんか。明日すぐに病院に行きなさい、と言いました。診断は、大腸がんの末期で、余命三ヶ月でした。

先生からは手術を勧められたのですが、本人はどうしてもいやだと。本人には病名は言わなかったのですが、うすうす感じていたと思います。私と二人になると、「私、治るよね」とそっと尋ねるんです。「大丈夫よ、声に力も出てきたじゃない」と、自分に言い含めるようにはげますのが、関の山。とても辛いことでした。

そのような会話のあった日は、妹の病院から帰ることに、後ろめたさを覚えたものです。昼間は外来の患者さんや見舞いの人で、銀座の雑踏のような賑《にぎ》わいを見せる玄関ホールも、守衛さんの靴音が遠くに響くだけで、さびしい気持ちが倍増したことを今でも覚えています。

妹は、生まれるとすぐに母親が亡くなったため、どうしようもないほどの、愛情飢餓があったのだと思います。姉、天光光を偶像崇拝のように慕って、常に姉の愛情を求めていました。「お姉様、大好き!」の思いが常にあり、姉の結婚のときも、妹三人を代表して、朝、四時に姉が家を出て、母のお墓に参ったときも一緒についていきました。

また姉から請われ、いつでもお姉様のそばにいたいの思いもあって、せっかくキャリアを積んでいた仕事を辞めて、姉の私設秘書になったんです。姉に対しては、妹は幻惑されていたように思います。独占欲もあったのでしょう。姉の子供や、孫にまで嫉妬をしていました。「親子の情は姉妹よりも強いのよ」と言っても、理解できませんでした。

外では出しませんが、内々では、ひがみっぽく拗《す》ねる性癖を態度に出すので、ちょっとむずかしい人間と思われていました。それが、**病を得ると、すっかり変わってしまったんです。看護師さん、お医者さん、そして、おそうじの方にも、**

感謝し、「ありがたいわ」「私は幸せだわ」が、口癖になったんです。

特に、主治医の先生との相性がとてもよかったのが、大きかったと思います。お若い先生でしたが、医者としての風格と信頼感を体全体からにじませていらっしゃいました。先生はそのころ、妹と同い年のおばあ様を亡くされたとかで、妹に、大好きなおばあ様の面影を重ねていらっしゃるようで、それはそれは、親身に診てくださいました。

妹は妹で、姉に幻惑されていた魔法が解けたかのように、先生を信頼し、慕っていました。その様子を、見舞いにきた姪《めい》たちは「徳子おばちゃま、あの先生に恋してるんじゃないの」というくらいでした。

お正月も家に帰りたがらず、病室に置いていただきました。そんな妹を先生も大事にしてくださり、外食に連れていってくださいました。家族の中でも、母親の顔を知らないで育ち、いつも「私なんか」という思いが強かった妹が、多くの方に大切にされていたという事実に目覚め、「ありがとう。幸せ」という言葉しか発しなくなったんです。このことは私にとって、本当に慰めとなりました。

秋に入院し、お正月を越し、先生が、お花見を楽しみにがんばりましょう、と言ってくださったように、桜を見ることもできました。腹水を抜きながら、抗がん剤投与の合間に、能を見に行くこともできました。三ヶ月と言われた命も八ヶ月目に入りました。あるとき、病室に行きますと、晴れやかな顔でこう言うんです。「昨日、お母様の夢を見たわ、抱っこしてくださった」と。私は胸が詰まりました。この世では、顔を記憶する暇も、抱いてもらう時間もなく、逝ってしまった母への思いが、今、自分の命がこの世から去ろうとしているときに、心の底から浮かび上がってくるものなのだろうかと。

それからしばらくして、妹は意識不明となり、心から信頼し、最後の恋心みたいなものまで抱いた先生や仲良しだった多くのお友達に囲まれて、満たされた思いで、父母の待つふるさとに旅立っていきました。

私は長年医者として、基礎医学の研究をしてきましたが、徳子の闘病生活の中で、教えられることがたくさんありました。実際に患者さんと接する臨床経験は乏しいのですが、**患者さんと治療する医療関係者とで心の絆が結べるかどうかが、とても大切**なような気がしました。

若いころ担当した患者さんで、とても仲良くなったお嬢さんがいました。難病で、治療も大変辛かったのですが、いつも前向きで、生きよう生きようとする気持ちが受け持ちの私にもヒシヒシと伝わってくる方でした。しかし病には勝てず、命を全うされたとき、ご家族から手作りのお人形をいただきました。「先生への感謝の気持ちです。本人が隠れて作っていたようなんです。よかったら、もらってやってください」と。そのお人形は、私の医師としての勲章です。今でも書斎にあって、私の老いの日々を見守ってくれているのです。

第二章

老姉妹、一つ屋根の下

姉妹の共同下宿生活

話は戻りますが、義兄・園田直の死後、選挙に出馬したりして、姉の波乱万丈の人生行路は続き、私と末の妹・徳子の住んでいた府中の家に戻ってきて、お手伝いさんに家事一切を任せ、姉妹三人の共同下宿生活が始まっていました。

私は、藤田保健衛生大学を定年退職し、第二の職場の川村学園女子大学や、非常勤では早稲田大学、青山学院女子短大、そして、母校の東邦大学医学部に勤めておりました。

姉は、自分が主宰する竹光会《ちくこうかい》という、友好文化団体の会長の他、いくつもの団体の会長や役員を兼任し、前にもまして、多忙の日々を送り、妹は姉の秘書を務めていました。

帰宅も食事もバラバラですから、私たちは、いわゆる一家団欒《だんらん》というものをしたことがありません。

ことに、姉は外で会議や打ち合わせなど、発言する機会が多いことの反動か、家では本当に無口でした。こうして、ああして、と自分の欲求を口にして、私たちに指図するわけではないのですが、無言のうちに、私たちを動かすのです。知らず知らずのうちに、私たちが動かされてしまうんです。

こういうのを「カリスマ」というのでしょうか。

小さいころからの関係で、お雛様と三人官女の役割分担は、一生続くものだと改めて思い知らされました。

何か不満のあるとき、姉は小言を言うのではなく、プーッとふくれるんです。黙っているんだけれど強烈なんです。何か強烈な雰囲気を醸し出すので、そんなとき私たちは負けずにふくれてみせます。すると長女の貫禄で、反対に私たちをなだめる役に回るのでした。

元気と病気をくり返す中で

姉は九十六歳までの天寿をいただきましたが、その半生は、病気との闘いでした。最初は六十代のころの、乳がんです。

私が愛知の大学から自宅に帰ったある日、姉が「あなたに見せるものがある」と言い、胸のしこりに触れさせたのです。すぐに病院で診察を受け、検査で乳がんと診断され、即、手術を勧められました。

姉は、夫がちょうど外遊中でしたし、不安を隠し切れない感じでした。私は、知人の専門医師にセカンドオピニオンを求め、確信を得られましたので、姉にすぐに手術するように言いました。しかし、姉はそのとき、韓国での国際会議を控えていたので、医師の反対を押し切って、韓国に行ってしまいました。帰国後すぐ、夫不在のまま、私たち親族たちの祈りの中で、先生方の非常に手厚い処置により、左側の乳房の全摘が行われました。

そのとき姉は、私が立ち会うなら手術をするとまで言いまして、私もそれに応じたんです。執刀医の先生から、パーティーには和服か洋服かと聞かれました。それによって、メスの入れ方が違うのでしょう。

海外から帰国した義兄が、息せき切って、一番に病院に来たことが、印象に残っています。

そして、そのときの手術の影響なのか、生涯苦しめられた糖尿病が発症します。脳梗塞《のうこうそく》で倒れたこともありました。いつのことかは定かではありませんが、妹の徳子がそばにいたときですから、多分、義兄が亡くなり、一人になってからのことだと思います。外から帰ってきた姉は着物を脱ぎ、それを衣桁《いこう》にかけようと、腕を上げようとしたんですが、力が抜けて、どうしてもできなくなってしまったそうです。あれ、おかしいなと思った瞬間、言葉が出てこないで、助けを呼ぼうにもどうすることもできなくなりました。しかたがないから、うーん、うーんと唸《うな》り声を上げていたら、隣の部屋にいた妹が、何か変な動物が家に入り込んだと思って見にきたんです。

それで、倒れている姉を発見したわけです。姉は言葉が出てこないので、まだ少し自由のきく身振り手振りで、必死に、あの光妙教会の命のお水を所望しました。それをいただいて、やっと言葉が出るようになったそうです。

そのときは、それで収まったので、そのまま休み、後日、病院で検査した結果、一過性の脳梗塞と言われたそうです。一過性の場合は、このように、何かの刺激を与えることによって大事にいたらず、収まることもあるようです。

このころの姉は、人の三倍元気な日と、病気のときが交互にやってくるような、激動の毎日でした。八十代に入ってからは、何度も救急車騒ぎ、そして、お葬式騒ぎを起こしております。姉が亡くなるまで、何度も救急車に同乗しました。五、六回なんてものではありませんでした。

最初のお葬式騒ぎは、八十代になったばかりのころでしょうか。当時、姉は日本・ラテンアメリカ婦人協会の会長職をあずかっておりましたので、何年かに一度は、友好国であるラテンアメリカの国々を訪問していました。日本からラテンアメリカの国々までは、飛行機乗り継ぎで、四十八時間以上かかります。年をとって、長時間飛行機に乗るのは、結構リスクがあります。

まず、血行が悪くなるので、血栓《けっせん》を起こしやすくなります。それに、姉は肉が食べられないので、中南米では食生活が極端に偏りがちになります。このときは何ヶ国か訪問しましたが、向こうでは、おもに、果物を主食代わりに、野菜をおかずにしていたようです。

気圧の関係で、体の代謝が悪くなっているところに、野菜や果物ばかりとっているとどうなるかというと、姉は糖尿病で腎機能に障害もありましたから、カリウム過剰症になるのです。普段でしたら、過剰なカリウムはお小水として、体外に排出されますが、旅の疲れや飛行機内での運動不足によって、体内に蓄積されたままになってしまっていたのです。

カリウム過剰症の症状が出たのは、帰国した翌日です。中南米のある国の大統領夫妻の歓迎レセプションがホテルで開かれたその最中、姉は歓迎スピーチを終えて、横に控えるとき、少し、フラッとしたそうなんです。

それを見ていたスタッフの方が、「お疲れではありませんか。少し、控えの間でお休みになられては」とおっしゃってくださり、休んでいたら元気になったので、当時、都内にあった事務所に戻って休んでいたところ、また、発作のように気分が悪くなり、病院に運ばれました。そして、緊急で人工透析《とうせき》が行われたんです。

「今晩か明日がヤマでしょう。ご親族を集めてください」と医師から言われ、府中から慌てて、病院に駆けつけると、姉は人工透析で体内の毒素を出したあとで、意識も戻っていました。人心地ついた姉はもう翌日のスケジュールのことをしきりに気にしています。私は、娘の回光と一緒にたしなめました。

「お姉様、今、死にかけたのよ。カリウム過剰症は、症状が出たら緊急に透析をしないとだめなほど、大変危険な病気なのよ。少し大人しく入院して、安静にしていてください」と注意されても、姉は次の日から、スケジュールを自分で管理して、娘がキャンセルすると、納得しないのです。

次のお葬式騒ぎは、それから五年くらいして、八十代半ばのころでした。インフルエンザをこじらせたのか、高熱が続き、呼吸も苦しそうなので、入院させていただいたところ、肺が真っ白だというのです。

そのころ、ＳＡＲＳがアジアで流行っていたため、医師からは「中国に行きませんでしたか？」と、聞かれました。

さらに病状が悪化して「今度ばかりは気管切開をしますけど、同意していただけますか」と言われました。私たちは頭を抱えました。姉の性格、生活のパターンを考えると、気管切開し、人工呼吸器を入れて、寝たきりの生活に耐えられるか、このままでは危ないと言うけれど、そうして生きながらえても、姉は幸せだろうか。外に出て、人様と語らい、人様の幸せのために働くのを生きがいにしている姉にとって、声を奪われ、ほとんど家の中だけで生きていく人生を受け入れられるだろうか。

悩んでいるところ、主治医の先生が出張先から駆けつけてくださり、判断してくださいました。「この人は年齢が年齢だから、今までの経過もあるし気管切開はしないで、少し様子を見よう」と。

そうして、集中治療室での療養が始まりましたが、意識の戻った姉は早速活動開始です。**「こんなところにいたら、病人になっちゃうわ。早く退院させて」。その意欲がまた奇跡を起こし、**三、四日で普通病棟に移り、三ヶ月で退院できました。

また、風邪をひいて入院し、明日にも退院というときのことです。娘の回光が病室で、翌日の打ち合わせをしていたときです。姉が急に「胸が痛い」と言い出したそうなんです。慌ててナースコールをして、看護師さんを待つ間、あれよあれよという間に意識がなくなっていきました。敗血症《はいけつしょう》を起こしていたんです。またまた、家族が呼び集められました。

他にも、顔面神経麻痺で顔半分がだらーっと下がってしまい、医者から、元通りになるには、半年かかると言われたものを、一ヶ月足らずで治したり、八十九歳のとき、階段から転げ落ちて、膝のお皿にひびを入れ、一ヶ月入院したりと、いろいろやってくれました。

天光光は四回の大病からなぜよみがえったか？

姉の病歴を見ていくと、普通の人だったら、その病気で、死にいたることもあるような大病を四回もしているのです。その都度、病院や家族の予想を裏切り、見事復活し、退院すると前以上に元気に動けるのは、どういうわけか、私なりに考えました。

人間の細胞は、負荷がかかると活性化するという特性があります。奇跡的治癒《ちゆ》はどうしてなされたかを研究しているアメリカの医師・ドッシー博士によると、命の危機にさらされると、そのストレスをはねのけようとする力が自分の中で働き、死の淵《ふち》から生還するのだと報告しています。

危機的状況の中で、自分の中で働く力を、自然治癒力とか免疫力と呼んでいるのではないかと思いますが、**そのような力を活性化するものは、究極的には、本人の生命力ではないか**と思います。

姉の場合はその力が並外れて強かったのではないかと思います。それは先天的な遺伝子レベルの問題と、後天的なもの、教育とか、心がけといった本人の訓練が大いに影響しているのではないかと思います。先天的な要素はさておき、後天的なことで言えば、第一に、父の教育ですね。

何かやるときには、できないということはない、こういう覚悟で取り組め、ということです。江戸時代の大名の上杉鷹山《ようざん》の有名な言葉がありますね。**「なせばなる。なさねばならぬ、なにごとも。ならぬは、人のなさぬなりけり」**、**この精神**です。これは、私にも、骨の髄まで叩《たた》き込まれましたし、実際自分の結核性腹膜炎、肋膜炎も、こういう気持ちで克服したのではないかと思います。

加えて、姉には師と仰ぐ中村天風《てんぷう》先生の言葉がありました。中村天風先生は、今でも、スポーツキャスターの松岡修造さんたちが傾倒して、いろいろ紹介されていますが、姉は夫の園田直とともに、先生の晩年の弟子に加えていただき、大変影響を受けました。いつも、天風先生の語録の黒い小冊子をハンドバッグに入れて持ち歩き、何か不安になったり、気にかかることがあると、先生のお言葉を心の中で唱えていたようです。

先生はくり返しくり返し、「病と病気とは違う」ということをおっしゃっていたそうです。そのことは、生理学を研究していた経験上、理解できます。先生は、医師ではなかったけれど、ご自分の宿痾《しゅくあ》の病を治すために、外国で医学の勉強をされただけあって、当時としては大変先駆的なお考えの持ち主だったと思います。先生は病を、体の外界への反応として捉えていたのではないでしょうか。

寒いから、くしゃみをする、バイキンが入ったから、熱が出る、体を動かすぎたので、痛みが出る。これは体の自然な反応であって、経過観察しているうちに、二、三日で治まるから、薬もいらない、注射もいらない。この段階で、医者にかかり、薬をあれこれ投与するから、自分の自然治癒力を抑えてしまい、本当の病気になってしまう、と。

姉もその考えに同調し、入院するたびに、「私は病人ではないから、早く出してください」と言っていました。点滴の管やドレーンをつけて、ベッドにくくりつけられていても、自分は病人だという意識はありませんでした。

姉がよく言っていたのは、天風先生の言葉でした。「身に病ありと雖《いえど》も、心まで病ますな」「病は怖ろしきものにあらず。これを怖れる心こそ怖ろしい」と。

そして、**どんなときでも、社会活動を第一に考えること**ですね。緊急入院をして、意識が戻ると、真っ先にチェックするのが、自分の会合や講演のお約束です。手帳を出して、たとえ骨折していても、酸素吸入していても、這ってでも行くと言って聞かないのです。既に早い段階で、娘の回光がお断りしているとわかると、怒って怒ってふくれるのですが、このように、強い社会性が、いくつもの大病を克服させたのだと思います。

意外にむずかしい実の娘の母親介護

さて、妹・徳子を見送り、そのときの入院にお金がかかったこともあり、この際、残された姉妹で父の遺産を分けましょうということになって、私は姉と住む家をつくることにしたんです。

姉は世田谷の娘のところにいましたが、母親と実の娘というのは、これが結構むずかしいんです。よく、この二人が揉《も》めるんです。というのは、娘にしたら、八十代半ばで、大病をした母親の体を心配して、なるべく負担がかからないようにと、いろいろなお誘いや仕事を断ってしまうんですね。

姉は自分の体力の限界というものを気にしない人なので、お誘いがあるに任せて、朝、昼、晩と三回のお食事の約束を平気でしてしまうんです。けれども姉は糖尿病があり、それも、食べ物によってすぐ血糖値が上がるタイプでしたので、本来なら、かなり厳密に糖分を控えなければならないのです。

娘はそれを、病院の栄養士さんの言いつけ通り、厳しく実行するわけで、姉にしてみたら、ついつい、会議のお弁当やら、会食やらを楽しみにしてしまうんです。そのお約束を勝手に娘が断ってしまうというので、姉としてみたら面白くない。

また、娘にとっても、母親の体を思って、自分が憎まれ役になり、断っているのに、それがわかると怒った挙げ句、先様にお電話して再度引き受けてしまう。そのようなことのくり返しで、その都度、泣きの涙で、電話が入るんです。「おばちゃま、おかあちゃまに注意してよ」と。

まあ、娘としての気持ちはよくわかりますが、姉の気持ちも手にとるようにわかります。そのとき、思ったのは、**年寄りの気持ちは年寄りでないとわからない、ということ**でした。娘のところにいれば、娘夫婦や孫たちに囲まれて、安寧《あんねい》に暮らせるのではないかと思われるかもしれませんが、姉の性格上、茶の間で揃ってテレビを見たり、世間話をしたりといった一家団欒は性に合わないんだと思います。

食事を自分のペースでいただき、終わると、自室にこもって、本を読んだり、会合の勉強をしたりするのが好きでしたから。そうしていると、娘としてはまた心配で、「遅くまで起きてないで、早く休んでくださいよ」と言う。姉が愚痴《ぐち》を言うということはめったにありませんでしたが、ときどき、「お姉さま、『老いては子に従い』よ。娘の言うことも聞いてあげなさいよ」と意見めいたことを言うと、「あの子は心配性だから、だめですよ。あの子の言う通りにしていると、元気に生きられませんよ」と、逆に反撃されてしまいます。

実の娘の心配性なくらいのきめ細かいケアがあったからこそ、大病の予後を無事に乗り越えられたのですが、**親子の場合は血のつながりが強いため、相手もそれぞれ趣味嗜好の違う人間なのだという思いがどうしても持てません。**

だったら、子供のときのように、姉妹で暮らすのがよいのではないかと考え、姉妹二人の老人用の家を府中に建てて暮らすことにしたんです。

八十歳からの新居づくり

八十歳を過ぎての家づくりは大変な作業でしたが、楽しかったですね。それに、亡くなった両親に対して、ちょっぴり誇らしい気持ちを抱きました。なんて言うんでしょうか。ずっと家を守ってきた私も、この年にして自分の城を持てるようになりましたよ、という気持ちです。

姉が思いもよらない形で、父の庇護《ひご》から巣立ち、父の落胆ぶりをそばで見ていた私は、自分の結婚というものは考えられませんでした。父自身、「結婚なんてするもんじゃないぞ」と、口に出して言ったことさえありましたから。ときには、ああ、いい人だな、と恋心を抱く相手とも出会いましたが、それ以上発展することもなく、八十歳を迎えてしまったわけです。

八十歳で家の整理を始めて、新居が完成したのが八十五のときです。老女二人が住まう家をつくるのですから、ミニケアハウスのようなものを思い浮かべられると思いますが、実は、それほど老人用ではないんです。設計の段階で、「お年を召されているから、完全なバリアフリーになさったらいかがですか?」と言われ、座って料理できる調理台やオール電化で食器をすべて洗って乾燥してくれる食洗機システムなどが入ったキッチンを勧められたんですが、そのころは、自分たちがこんなに年をとって、足腰が弱ると思わなかったので、「一体、誰が使うの。私たちそんなもの使わなくても大丈夫よ」とお断りしてしまいました。

今にして思えばつくっておいたほうがよかったですね。八十歳といえば、完全に老人の範疇《はんちゅう》に入るのですが、自分では体が自由に動くものですから、年々人の運動機能は衰えていくということを実感していなかったんですね。

設計してくださったのは、お友達で、老人施設をたくさん手がけていらした女性の建築家で、老人の気持ちと暮らしぶりということをよくわかってらしたんです。リハビリ用といって、小さな階段をたくさん設《しつら》えてくださいました。バリアフリーといって、すべてを平らにしてしまうと、家の中で安心してしまい、足を上げて歩くことをしなくなります。

そうすると、小さな段差でもつまずいて、転倒してしまうんですね。これを避けるためにも、**家の中でも、少し緊張して、注意深く歩く癖をつけておいた方が**

よいというのが、設計士さんのご意見でした。私もそう思いますね。適度の緊張が、脳に刺激を与えて、日常生活もメリハリのあるものにしてくれるんです。

二階建てで、一階を私の書斎と応接間、キッチンと居間を中二階、二階に姉の書斎と寝室と私の寝室、風呂場は二階、トイレは一階と二階につくりました。二階と中二階への階段は年寄りが足腰を強くするリハビリ用のものと同じで、階段数がわりと少ないものでした。一日に何度も上り下りするので、否が応にも、足腰は鍛えられました。私はこの階段が好きで、階段を上り下りしていると、自分の気分が変わるのがわかります。

なんとなく**鬱々とした心配ごとも、エッチラオッチラ歩いているうちに、どうでもよくなったり、また、何か楽しいことが閃《ひらめ》いたり、ときには、途中で階段に腰かけて、一休みしたりと、多様に使い道がありました**から。それと、便利だったのは、暗くなると人影を察知して、自動的に明かりがつくセンサーをつけてくださったことです。

よく年寄りが、日が落ちても電気をつけずに、暗い部屋で、ポツンとしていると言いますね。若い人たちは、年寄りは始末屋だから、もったいなくて電気をつけないんだと考えますが、それぱっかりではないんです。電気をつけるという行為を忘れていることも多いんです。

我が家では、**一定の暗さになると、室内の廊下でも、自動的に電気がつくので、足元がわからず、転ぶということもありません。**手すりも家の中のいろいろなところにつけてくださり、楽でしたが、一つ、家の中で車椅子で生活するということは、スペース的にできませんでした。

人間って、将来の自分の姿というものをあんまり想像できないんですよ。特に、年をとると自分が衰えていくことなど考えたくないものですから、姉八十三歳、私八十歳の状態がずっと続くと思ってしまうんですね。そのときは、私たち、こんなに年をとるとか、長生きするとかは思っていませんでしたから、車椅子で動ける家なんていらないと考えていましたね。

ただ、晩年の姉が骨折したり、体調を崩したりして、歩行がふらふらしたときなど、「ああ、あのとき、無理してでも、車椅子で暮らせる家をつくっておけばよかったわ」と思いました。それでも、階段リハビリと手すりのおかげで、姉は最後まで、家の中では自力で移動していましたが。

それと、座って調理できるキッチン。実際、私自身、お野菜を洗ったり切ったりしているうちに、疲れてしまうんです。お台所に立つたび、座ってできるキッチンにしておけばよかったわと、後悔しています。

耳の遠いもの同士の部屋の工夫

姉と私の部屋は、二階につくりました。階段からのびた廊下をはさんで、二つの部屋があり、それぞれに、ベッド、机、テレビ、タンスなどを置き、**プライバシーが保たれる**ようにしてあります。

何かあったときのために、**姉の部屋と、私の部屋にベルをとりつけました。**緊急事態発生のときは、そのベルを押してもらうようにしていたんです。

本当なら、病院のナースコールのような柔らかい音の出るブザーがよいのですが、お互い耳が遠いため、そのような静かな音ではだめなんです。私は、若いころの病気のために、たくさん薬を服用していましたから、その副作用で、五十代から、難聴気味になっていました。姉の方が、耳はよく聞こえていましたね。ただ、若いころ、取っ組み合いの夫婦喧嘩《げんか》をして、何かのはずみで、夫の手が、腕をはらったときに誤って姉の耳にあたり、鼓膜が破れてしまったものですから、左耳は全く聞こえませんでした。耳の遠いもの同士の生活は、それなりの工夫が必要です。

ベルの音は、けたたましいものでしたが、ときどき、その音さえも聞こえないことがあるので、ずいぶんと心配しました。

というのは、姉の場合、糖尿病の他に、心臓をやしなう冠状動脈《かんじょうどうみゃく》が左右とも、すごく狭くなっているんです。冠状動脈の狭窄《きょうさく》というのは、自覚がないだけにやっかいで、いつ爆発するかわからない爆弾を抱えて生きているようなものなんです。本当は、カテーテルを通して血管を広げる手術か、ステントを入れることもできるのですが、年齢的なことと、本人もいやだと申しますので、外科的な治療はしませんでした。

心臓に関しては、本人も不安はあったんでしょうが、介護する身としては、いつも重くひっかかっていましたね。ちょっとでも胸が痛いとか、苦しいと言われると、飛び上がるほど心配しましたし、朝起きるのが遅かったりしますと、見に行きますし、夜中も気になると、何回か様子を見に行きました。

実際、**二、三回狭心症で危険を感じたときは、即、救急車をお願いして、入院し、危機を脱しました。**その後、姉は不死鳥のように、また活動するのですが、そういう不安感から、今は解放されたという安ど感はあります。

姉の部屋と私の部屋のしきりは、いざというときに開けられるように、こしらえてあるんです。

あるとき、うとうとしていたら、ベルが鳴りました。ベルが鳴ると、本当に飛び上がってしまうんです。「どうしたの」と、パーテーションを開いて飛び込んだら、姉がベッドの上に、チョコンと座って、「星子……」って言うんです。姉は私を「星子」と呼んでいました。「星子、トイレのペーパーがないの」。

私は安心するやら、寝入りばなを起こされて腹が立つやらで、「そういうことで、これを鳴らさないでよ」と、少々むくれて抗議しました。そのあと、二人で大笑いです。

私の一日は、朝六時に目覚まし時計のベルで始まります。といっても、目覚まし時計の音は、難聴で聞きとりにくいのですが、必ずそのころには、自然に目が覚めます。そして、姉と私の朝食作りを始めます。**姉はお肉が一切だめなので、**

お魚とお野菜やお豆腐で献立を作ります。

いつも栄養指導を受けている栄養士さんのメニューを参考に、私なりに考えたものを作りました。心臓に負担がかからないものや、お通じのよくなるものなど、特にヨーグルトは必ず食卓にのせました。

姉にとって、ブルガリアヨーグルトは命の源みたいな食べ物で、とても思い入れがありました。義兄が衆議院副議長だったとき、毎月、公邸で在京の外交官をお招きして、お茶会を催していたそうなんです。その中に、ひときわお顔の色艶のよい、健康そうな方がいらして「どちらのお国からいらっしゃいましたか。とてもお元気そうなので、何か秘訣はございますか」と姉が聞きました。

すると、その方はブルガリア大使で、お国から持っていらしたヨーグルトを毎日召し上がってらしたそうなんです。当時、日本にもヨーグルトという食べ物はありましたが、甘いおやつのようなものでした。ヨーグルト菌を発酵させただけのプレーンなものは、市場にはありませんでした。

一九六〇年代のブルガリアのある地方は、平均寿命が百二十六歳というところもあるという大使のお話に、一瞬にして心うばわれた姉は、義兄に頼んで、大使館でヨーグルト菌をいただき、作り方を伝授してもらったんです。それが、日本に、ブルガリア菌のプレーンヨーグルトが伝わった事始めでした。それ以来、姉のヨーグルトに対する信奉は、生涯変わることがありませんでした。

はじめは、大使夫人から分けていただいた菌で、試行錯誤して作り、周囲の人たちに分け、そして、菌が弱くなると、ブルガリア本国に行って、新しい生きた菌をいただいたり……と健康作り、体作りの中心に、ヨーグルトを置いていました。

晩年、自分で作らなくなっても、毎日、明治ブルガリアヨーグルトをいただいておりました。

そんなわけで、私が食事担当をするようになってからも、毎日必ず、ヨーグルトを出していました。

姉は食べる人、私は作る人

献立は、だいたい一汁二〜三菜。お料理は、見た目が大切ですから、それらを、小皿や小鉢に少しずつ入れて、おままごとのように、お膳に並べました。これは継母の食卓をまねしたものです。料理自慢の継母は、食通のわりには偏食で、食の細い父のために、いくつものお菜を作り、それを小さな器に入れて出していました。

食欲のないときでも、父が器の色合いや盛り付けにつられて、箸を運ぶのを見て、姉にもそうしてほしかったからです。

主婦業とは縁のなかった私ですが、**旬の食材を使って献立を考えたり、おいしくて体にやさしい調理法を工夫することには、何か創造の楽しみ**がありました。

姉は、おいしいとも、まずいとも言わないのですが、家に来てくださるヘルパーさんは、食卓に並んだおかずを見て驚いたように、「まあ、なんて手の込んだ、きれいなお膳でしょう」と、いつもほめてくださいました。

姉は、朝は六時に起きて、雨の日も晴れの日も東側の窓を開けて、朝のすがすがしい大気をいただいていました。でも、さすがに晩年には、朝はゆっくり起きるようになりました。姉が起きて、トイレを済ませたら、血圧を測り、脈をとります。熱があるかないかは、だいたい顔つきでわかります。九時には介護の方が来ます。

三十八キロが五十六キロの姉の体を動かすことはむずかしいので、**朝の着替えは、ヘルパーさんにしてもらっていました。**夜、寝巻きへの着替えは、同じ敷地に住んでいる妹の天飛人に手伝ってもらいます。

ただ、天飛人は夫がいるので、姉は、外に出した妹という感じで、とても気を使っていました。同居の私の扱いに比べたら、少し遠慮がありましたね。不思議なものです。

姉が食卓につくのは、九時半ごろです。朝食をゆっくりゆっくりいただきます。なんでも俊敏《しゅんびん》で、活動的な姉としては、不思議なんですが、父も食事に関しては、ゆっくりいただいていましたから、これは父譲りだったのでしょう。お箸の先で、お魚を小さくほぐして、きれいに食べます。楽しみながら、食物のひとつひとつに感謝をこめていただくので、食事はゆっくりで、体調がよくないとかなり時間がかかることがありました。

私は、自分の食事をさっさと終えて、片付けて、自分のしたいことをしています。決して急《せ》かせたりいたしません。というのは、老人に限らず、人間には、独自の生活リズムがあり、それを妨げられると、ストレスになるからです。若いころのストレスは適度であれば、心身にかえって活力を与え、その負荷が「やる気」となるのですが、老いてくると、特に八十代後半、九十代になると、その負担は大きすぎると思います。

それと、**食べる食事の量についても、とやかく言いませんでした。**老人は、自分が食欲がなく、食べないことを内心とても気にしています。家族は、「もっと食べなさい。食べないと弱るわよ」と言いたくなるものですが、これは禁句です。プレッシャーになりますから。

日々の三つの健康チェック

毎日の生活で、特に気をつけていたことは姉を怒らせないことと、お風呂です。お風呂は、看護師さんに本人の気が向いたときに入れてもらいました。**特に心臓の悪い方は、湯船につからない方がいい**です。とても体力を消耗し、心臓への負担が大きくなりますから。その代わりに姉は、毎朝足湯と清拭《せいしき》をヘルパーさんにしてもらいました。

ときどき、シャワーを浴びる程度で十分ですが、姉はシャワーは嫌いでした。

それで、入浴がひんぱんにできないとき、下半身の衛生を考えて、腰湯だけでもできる方法を考えたりしました。

また、姉は便秘がちで、排便はとても苦労しましたね。

血圧が高くなるとこわいので、まめに測っていました。朝晩測ればいいというのではなく、少しおかしいなと思ったらすぐ、測っていました。そして、主治医に報告していました。

血圧や血糖値の薬に関しては、私は同じ薬をあまり長く使いすぎるのはよくないと思っております。外来に通っていると、マンネリになってしまうのです。特に、主治医の先生がいらっしゃらないときなど、代わりの先生は、前のカルテの通りに処方をかきます。

そうすると、それがずっとつながってしまいます。何ヶ月かに一度は、見直してくださるといいと思います。

家では無口、それもよし

姉は、能の謡を長年やっていて、とても張りのある、通る声を持っていました。九十歳になっても、選挙の応援演説や講演を頼まれて、マイクをはずしても通る大声でしっかり話していました。何年か前の都知事選のときには、出陣式で「エイエイオー」をし、周囲が、年だからやめなさいと言うのに、冬の選挙のときには街頭演説までしていたんです。

そういう様子をご存じの方は、「お宅でも、ためになるお話をしてくださるんでしょう」とおっしゃるんですが、とんでもない。家族には、口をきくエネルギーももったいないと思っているのか、ほとんど会話をしないんです。

昔は、そのようなことはなかったのですが、年をとってからは、家では、本当に無口になりました。私たち、気を許した家族には、「言わないでもわかってよ。

私は外でエネルギーを使い切っているのだから、家では、静かに充電させてよ」と、思っていたのかもしれません。

私は思います。姉のこれまでの人生は波乱万丈といえるでしょう。結婚に関しては、周囲も世論も、そして私たち家族をも敵に回して、四面楚歌《しめんそか》でした。叩かれ、打ちのめされ、姉としては何か弁明したいこともあったと思います。それをじっと沈黙のうちに忍耐してきました。無口になり、沈黙のうちに自分を整えていたのだと思います。

その荒波をどうにか乗り越えるうちに、自然と身についたのが、「無口」という一つの行ではなかったかと思います。

歌人の馬場あき子先生は、姉も私も短歌で師事して、短歌の手ほどきをしていただいたのですが、姉の偲《しの》ぶ会で、追悼のごあいさつをしてくださいました。その中で姉の歌を紹介されました。

人の世の地獄極楽他ならず心にありて花火見ており　（70代）
往生はいのちのもとに還りつくよろこびと悟り心安らぐ　（晩年）

そして姉は、人生の修羅場を、心の中の、一点の静けさで乗り切ってきたのではないでしょうか、とおっしゃってくださいました。

私は、馬場先生の鋭い感性に感銘を受けるとともに、姉は、無口であることによって、波立つ想いを静め、静けさを保とうとしていたのではないかと思いあたったんです。

庇護する喜び

姉が無口であることは、介護する側にとってはさびしいと思うこともありましたが、反面、やりやすくもありました。**お互い、不用意な言葉で傷つけ合うこともありませんでした**から。

ご主人を介護してらっしゃる奥様がよく「主人は、何もしゃべらないから、私、さびしくてしかたがありません。孤独感を覚えます」とおっしゃいますが、私は逆に、お口が達者で、あれこれ注文をつけられたり、文句を言われたりするのも、やっかいだなあと思いました。黙って、私の言いなりになって、身を任せている姉を見ると、大きな赤ちゃんの世話をしているみたいで、心がほんわかしてきましたよ。

人間は、無防備で身をゆだねてくれる相手を庇護する喜びというものを、天から与えられているのではないでしょうか。それによって、誰もが種を保存するために、生まれつき持っている母性本能を刺激されるのだと思います。

私は、自分の子の子育てをした経験がないので、母親の気持ちというものが今までわかっていなかったのかもしれませんが、姉の介護というものの中で、初めて、目覚めたような気がいたします。

ですから、**姉一人を家に置いての外出は、なるべくしませんでした。なんだか、子供を残して出かける母親みたいな心境**でした。

「すぐ帰ってきますから、静かに休んでいてくださいね」と言い含めて、さっさと用事をすませ、飛んで帰りました。そして真っ先に、姉のところに行って、「今、帰りましたよ。ごめんね、留守にしてごめんね」と。姉は先ほどもお話ししましたように、心臓の冠状動脈が左右とも、血管が細くなってますでしょう。いつ、何かの加減で血流が悪くなり、心筋梗塞など起こすかもしれませんから、一人で家に置いておくことは、とても心配でした。いつも、お薬のニトロを用意していました。

それだけではなく、朝、起きてくるのが遅いときや、私が夜中にトイレに立ったときなど、そっと姉の休んでいる部屋をのぞき、様子を見ます。姉のようにいくつもの持病があると、それに、高齢ですから本当に何が起こるかわかりません。

昨晩、あんなに元気だったのに、朝、起きてこないので様子を見に行ったら、息をしていなかったということがあるかもしれません。

お雛様のお毒見役として

食事についてですが、朝ごはんの準備が整うと、私はそれをすべて毒見するんです。というのは、姉は私にとって、ただの姉妹ではないんです。姉のやりたいというライフワークを、最後の仕事を、どうしても成し遂げてほしかったから、何かあっては困るんです。

少なくとも、私の目の届く範囲では、無事に過ごしてほしかったんです。姉の世話をするというよりも、姉の夢を実現させるためのサポーター役だと思っていましたから。ですから、私が食べて、納得したものしか、姉には食べてもらいませんでした。

でも、外に行って、私の目が届かない範囲では知りませんよ。実は、姉は、お腹に憩室《けいしつ》という、風船状の袋があるため、そこが化膿《かのう》するとやっかいだからと**病院からは生食を禁じられていました。だから、私はうちでは、絶対お刺身はあげませんでした。**お刺身用のマグロでもタイでも、みんな焼いてあげていました。

しかし、姉としては、お寿司が食べたいんですね。外のお食事会では、お寿司をいただいてうれしそうにしていましたよ。

朝食をとるのがゆっくりで時間がかかるので、お昼は簡単に、ヨーグルトとパンとか、おやつ程度でした。それが終わるとすぐに夕食の支度です。夜の献立も、朝食と同様に、和食の魚中心のメニューです。

夕食の開始は六時から七時ですが、例のごとく、のんびり、ゆっくり召し上がるので、だいたい終わるのが九時くらいになってしまうんです。

九時に終わればいい方で、講演会などで遅く帰宅したときには、食べ終わったのが、十一時半なんていうこともありました。何時になってもその都度料理を温め直したり、煮直したりしてあげました。心をこめて作った料理ですから、少しでもおいしく、満足してもらえるものを食べさせてあげたかったんです。

家族がいれば、夜十一時半まで、一人の老人の食事の世話にかかり切りにはなれません。したがって、年寄りのリズムで生活させるということがどうしてもできないんです。そう考えると、**年寄りの世話は年寄りがするのがいいんです。今日どうしてもやらなきゃならない仕事はないし、お互い、時間はたっぷりありますから、融通がききます。**

それに年寄りは「早く」と急かされるのが一番いやなんですね。他からいろいろ言われると、自分の呼吸が乱れるんです。自分の呼吸に合わせて生活していれば、無用なストレスはかからないんです。

朝の起きぬけと夕飯前に、血糖値を測り、決められているインシュリン量を就寝前に注射します。姉は無口と言いましたが、こういうスケジュールをこなすと

き も、私たちは、ほとんど言葉を発せず、身振り手振りですませていました。たとえば、「インシュリンの注射をしましょう」というときは、お腹に注射器をあてるそぶりをします。すると姉もわかって、こっくりと首を下げ、自分で腹部に注射します。まるでパントマイムです。インシュリン注射の用意はしてあげて、よほどのことがない限り、注射は自分でしてもらいました。

そして、着替えです。**夜の着替えは、隣に住んでいる妹を呼んで、二人がかりでします。この時間が、一番楽しい時間でしたね。**子供のころ、同じ部屋で、子猫のようにじゃれ合いながら遊んだ記憶がふとよみがえって、昔の無邪気なときに戻ったような気持ちになるんです。

体調がすぐれない日も、不安や心配があるときでも、黙って、私たちに身を任せる姉の顔に、ふと幼いころの面影を見てしまうんです。そして、二人でベッドに寝かせ、お布団をかけてあげて、「はい、寝ましょうね。バイバイ」と手を振って、一日が終わるんです。

星子の献立帳

毎日の献立ですが、「今日は何にしましょうか。召し上がりたいものを言ってください」と申しますと、いつも、「なんでもいい」と答えるのです。作る側としては、献立を思案します。姉はまず、

・肉は食べない
・野菜は嫌い
・味噌汁嫌い（すまし汁を用います）
・煮物嫌い（ですから、魚はほとんど焼き魚です）。

そして、好きなものは、刺身、寿司、果物、うなぎ、卵、フライ、揚げ物、漬

物です（たくわんが好きでしたが、塩分が高いので、べったら漬けを用いました）。好き嫌いはありますが、食事に注文をつけたり、不満を言うことはありません。その代わり、うまいもまずいも言いません。だいたい、私の作ったものはなんでも食べてくれましたが、亡くなる半年くらい前から食が細くなり、残すようになりました。

糖尿病がありましたから、甘いものは少しあげても、「自分の体がわかるから」と言って、自分で制限していました。他に、持病のために、食事には次のような注意が必要でした。

・一日の摂取カロリーは、1400キロカロリーと指示されていました（実際には、1200〜1300キロカロリーのときが多かったです）。
・糖尿病で、腎機能が落ちていましたから、タンパク質の制限があります。
・従来よくとっていたヨーグルトは、タンパク源として重要ですが、健康なときのように、あまり大量にはあげられません。

・腎臓で無機物の調節が十分できませんので、特にカリウムの血中濃度が高くなるのがこわいですから、野菜はすべてゆでこぼして用います。

・果物の量にも制限があります。また、投薬上、高血圧がありますと、グレープフルーツは差し止めです（前記にこのお話がありますが、姉が中南米を訪問したとき、果物をとりすぎて、帰国後、高カリウム血症を起こし、もし透析が間に合わなかったら生命の危機だったことがありました）。

ある一日の食事を再現してみますと、

・朝食は、介護の人が足湯等をしてくれたあとで、だいたい九時半ごろです。献立は、ごはんとサワラの西京漬け、ひじきの煮物、ミニトマト、奈良漬け、豆腐とネギのすまし汁。これで、約438キロカロリーです。

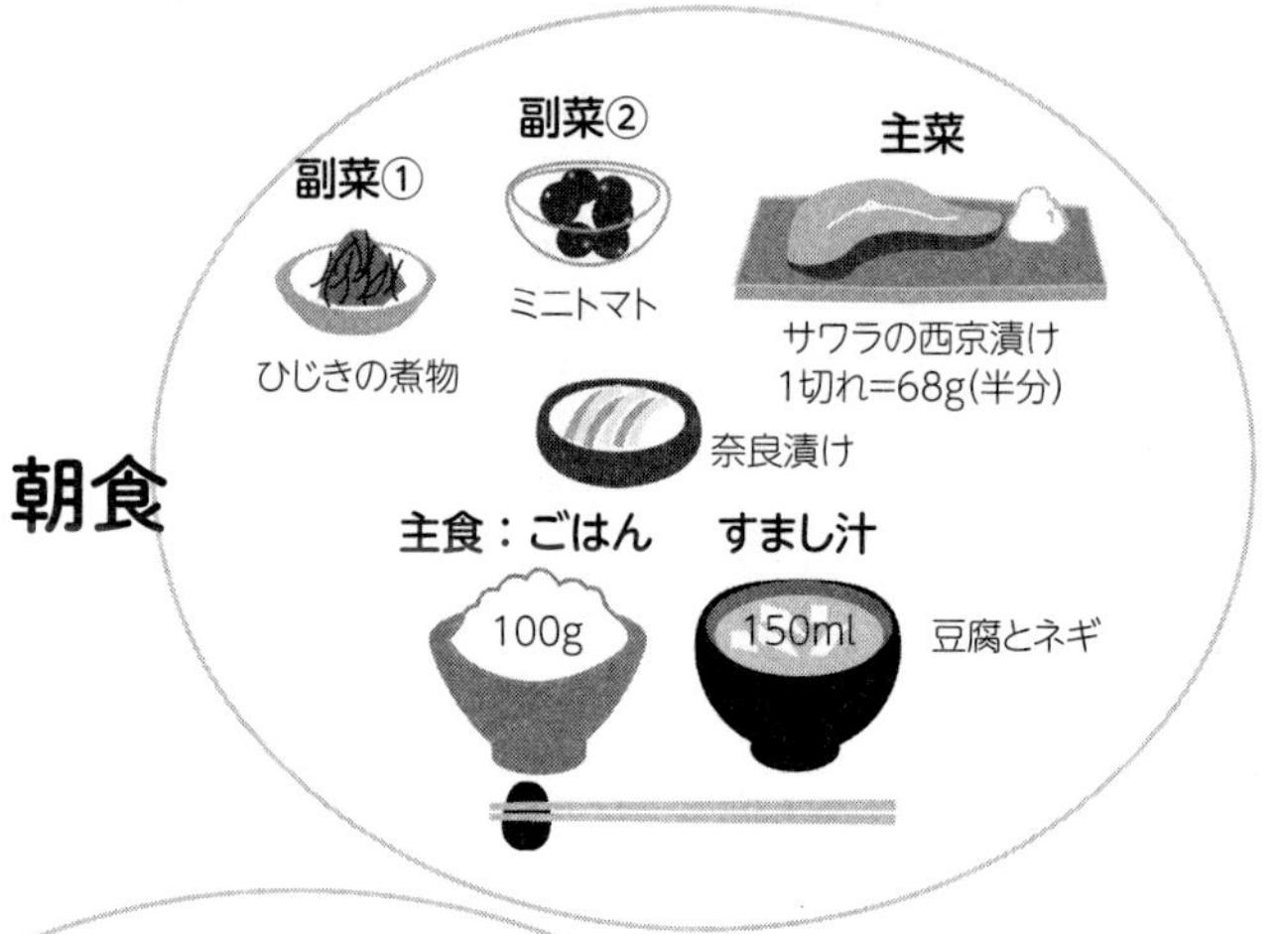
朝食
副菜①
ひじきの煮物
副菜②
ミニトマト
主菜
サワラの西京漬け
1切れ=68g(半分)
奈良漬け
主食：ごはん
100g
すまし汁
150ml
豆腐とネギ

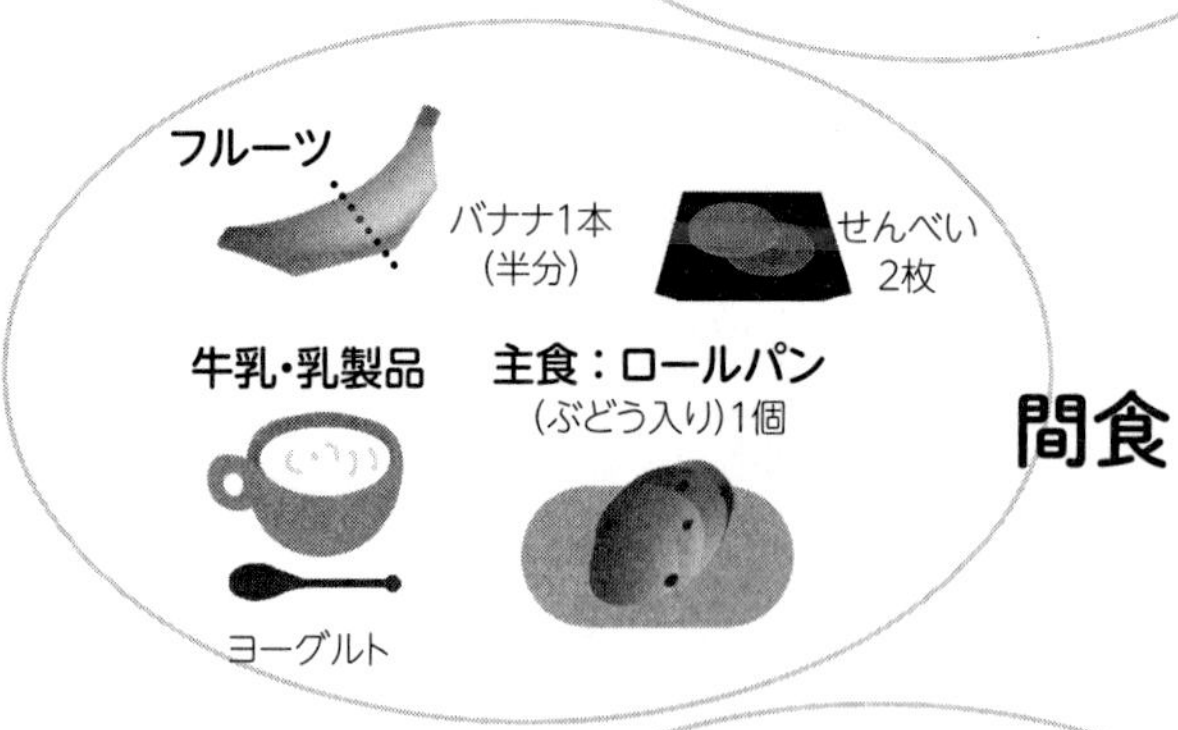
間食
フルーツ
バナナ1本
(半分)
せんべい
2枚
牛乳・乳製品
ヨーグルト
主食：ロールパン
(ぶどう入り)1個

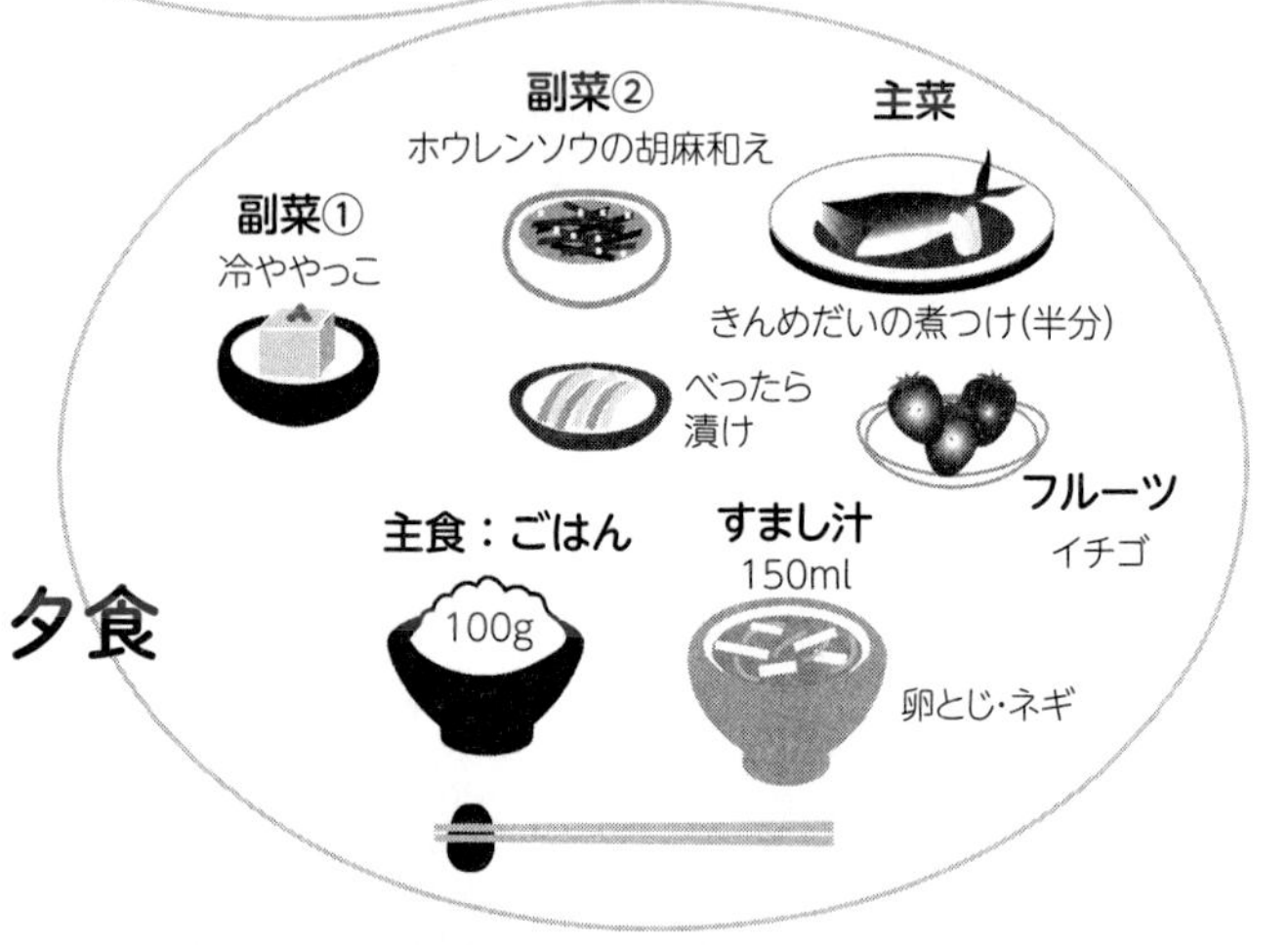
夕食
副菜①
冷ややっこ
副菜②
ホウレンソウの胡麻和え
主菜
きんめだいの煮つけ(半分)
べったら
漬け
フルーツ
イチゴ
主食：ごはん
100g
すまし汁
150ml
卵とじ・ネギ

・お昼は、午後二時ごろ。主としてパン、ヨーグルト、果物、紅茶、ときにうどんやそうめんですが、この日は、ぶどう入りロールパン、プレーンヨーグルト、バナナ一本（一本つけますが、実際に食べるのは半分）、せんべい二枚で、約437キロカロリー。

・夕食は、午後六時ごろいただきます。献立は、ごはん、きんめだいの煮つけ、冷ややっこ、ホウレンソウの胡麻和《ごまあ》え、卵とじとネギのすまし汁、べったら漬け、イチゴで、約491キロカロリー。

食事を作るときには、姉の血液検査の所見を見て、特に、血糖値、A1c値、クレアチニン値、カリウム等の血中濃度に注意していました。

また、貧血がありましたから、鉄分の多い、ひじきなどの食品を用いました。卵が好きでしたから、一個の目玉焼き、半熟ゆで卵、夕食には、かに玉などを作りました。

主食はごはんです。指示より少なめで、一回に100グラム。だいたいごはん茶碗に軽く一膳。晩年は、姉があまり好きでないお粥《かゆ》を食べていただきました。便通に、ごはんよりお粥の方が有効だったからです。

また、主菜の魚は、一切れとして膳にのせますが、実際の量は切身の半分です。タンパク質の制限が一日に45グラムというものでしたので。

食事作りの上で、一つの指標となるのが、BMI（肥満度）ですが、姉はほぼ適正な範囲でした。

病院から、きちんと計算された処方（献立）をいただきましたので、本人の好みに合わせて、私がアレンジした献立で実施できるかどうかを、栄養専門の友人に試算してもらいました。すると、ほとんど合っていましたので、自信を得て、私流の献立にしたわけです。

私流の献立作りは、次のようにいたします。食物を次のように分けます。

A. 主食　ごはん、パン、めん類。
B. 主菜　魚（旬の魚を選ぶ。白身が多い）、うなぎ、かに玉など。
C. 副菜（1）ひじき、湯豆腐、冷ややっこ、きんぴらなど。
D. 副菜（2）おもに野菜類（旬の野菜のおひたし、胡麻和えなど）。
E. 果物　旬のもの。ただし、グレープフルーツは除く。
F. 汁と飲み物　すまし汁。飲み物は日本茶、ウーロン茶、紅茶、コーヒー、マテ茶など。

そして、A～Fのそれぞれの列から、一品ずつ選んでその日のメニューにします。

姉はうなぎと卵が好きで、献立にもよく用いましたので、特にカロリー値や栄養素の計算を細かくしてあります。他の食品と交換して用いるためです。

平均睡眠時間は四時間！でも大丈夫

姉が休んでから、私はソファのところで、だいたい二時ごろまで起きていて、自分のしたいことなどしています。二時ごろ、姉はお手洗いに行くんです。それを見届けて、ふとんをかけ直して、もう一度、バイバイをして、それから六時まで、私も安心してベッドで休みます。

睡眠時間が四時間では足りないとか、七時間から八時間とらなければだめだとか、十二時前に休まなければ脳に悪いとか、諸説ありますが、実際のところ、睡眠については、はっきり解明されていないのではないでしょうか。睡眠専門外来というものも現在ではあるようですが、だいたい四時間か四時間半の睡眠をメインにとり、あとは、日中、眠気に襲われたら、十五分、二十分と仮眠をし、トータルで六時間くらい寝ていればいいということです。私の生活がそうです。**メインが四時間、あとは家事や買い物の合間に、ソファやダイニングの椅子でコックリコックリ**とする……それで十分ですね。

忍耐強いのか、鈍感なのか、年寄りの冷や水か

「年寄りの冷や水」ということわざがありますが、これを地でいっていたのが、姉です。毎日、冷たい水で滝行をしているようなものです。私は、これも老人に特有な感受性の鈍化だと思います。

姉は何度も入院を経験しました。それも一病ではなくて、それぞれ違う病気で、一つの病に関して治癒の道筋が見えてくると、病院はある程度、患者さんの気持

ちゃ意思を尊重して退院させてくれます。そのとき、予後は十分に療養して、決して無理をしないで……と注意してくださるんですが、姉は主治医や看護師さんの想像をはるかに超えた馬力の持ち主なんです。

翌日から、入院中にたまりにたまった予定を消化しようと、朝昼晩と、スケジュールを入れてしまうんです。それも、身内には内緒で、義兄の代から、家に来てくださっている運転手さんとこっそり相談して実行してしまいます。

あるとき、真夏の暑い時期に急に血糖値が上がり、心臓の持病を考えて、しばらくの間、入院してくださいと言われました。本人は自覚症状がないので、入院自体、不本意だったわけです。それで翌日から「家に帰りたい」「退院したい」病が始まり、二週間で値も下がったので、退院できたのですが、翌朝、朝食をさっさとすませ、自室に戻ったので、どうしたのかと思っていたら、「ピンポーン」と運転手さんが迎えに来るではありませんか。

そして姉は、夏なので、簡単なワンピースを着て出てきました。銀座に約束した個展の陣中《じんちゅう》お伺いに行くと言うのです。「何言ってるの、お姉様。昨日退院してきたばかりでしょう」と私が止めても、聞こえぬふりして、スタスタ出ていってしまいました。そこが三十八キロが五十六キロを介護する限界です。力で押さえつけられないのです。

その日は、朝から気温も湿度も高く、昼間には三十六度くらいになっていました。誰にも相談せず、逃げるように出かけたものですから、いつも持っていくお水を忘れていったんです。銀座の画廊でごあいさつをし、作品を見ている間は、気が張っていたので、大丈夫でしたが、車に戻ったら、吐き気とめまいです。運転手さんが慌てて、娘と私のところに電話をしてきました。たぶん、熱中症ではないかと思い、すぐ、昨日まで入院していたところに連れていってもらい、また病室に逆戻りです。

また、平成二十三年（二〇一一年）のお正月のことです。前年の十一月末から血糖値の調整や検査のため入院していて、やっと年末に退院できました。今年は、ゆっくりホテルで休みましょうと、姉の親友と姉と私の三人で出かけていたときです。ホテルの部屋で着物を着るというので、そばで手をそえていたところ、着物の裾《すそ》を自分の足で踏んで、転んでしまったんです。そして大たい骨《こつ》骨折です。またホテルから病院に行き、病室でお正月をしました。

私たちは、せっかく退院してきたのに、とがっくりし、落ち込んでしまうのですが、**姉は全く弱音を吐かない**んです。私は内心、あーあと落胆しますが、言葉には出しません。

姉の病気に対しての我慢強さというのは、並外れたものがありました。**まず我が身に起きたことの原因を考えて、悔んだり、落ち込んだりしないで、どうしたら、この危機から早く抜け出せるのかと考えているん**です。

決して痛いとか苦しいとかの弱音は吐きません。医療関係者の言うことを聞いて、リハビリや治療に黙々と取り組むのです。その姿を見ると、千日回峰行《せんにちかいほうぎょう》のあじゃり様が、真言《しんごん》を唱えながら、山を風のように駆け抜けていく姿を思い浮かべます。それは姉に限ったことではありません。病気療養で入院している方たちの姿を見ると、そう思えてしかたがないんです。この方たちは痛いという修行を通して、悟りの道を歩いていると思うんです。

姉は病気療養中、「痛い」は言いませんでしたが、「かゆい」は言いましたね。かゆいというのは、実は何かいやな気分になったとき、起こりやすいことを実感していますが、何か不都合なときに、納得いかないという思いが、かゆみとなってあらわれることが多いと思います。

姉と繰り広げたスケジュールバトル

姉のポリシーとでも言うんでしょうか。お誘いはどれでもみんな、選別せずに受けてしまうんです。これも年寄りの冷や水です。そうすると、朝九時の会合から夜のお食事まで、合わせていくつものお約束があるということになってしまいます。

働き盛りならいざ知らず、これでは老いた体はもちません。そこで、私と姉の娘回光とで、重なった会合はあとから来たものは、お断りしていたんです。そうすると、そのことがどこからともなく姉の耳に入るんです。姉は、またそれを全部受けてしまい、スケジュールはぐちゃぐちゃになり、体もボロボロになります。

あるとき、珍しく怒りをあらわにして、「私の人生だから、私の好きにさせて頂戴《ちょうだい》」と言うんです。

私は、そのとき考えました。姉の言う通りかもしれない。姉の人生をマネージしているのは、私や回光ではなく、姉自身であり、姉の心の中の、姉の帰依《きえ》している神仏なんだから、**私は姉の生活の世話を一生懸命にして、その中で、姉がどう生きようと姉の人生なんだから、自由にしてあげようと。**

そうすると、まあ、大変なこともございました。あるとき、突然、姉の携帯にＮＨＫの方から電話があったんです。「今から一時間後にお宅にカメラを連れてインタビューに行きます」と。姉の携帯に直接お電話をいただき、姉は取材を快諾していたんですね。娘や私に相談せずに。そして、約束したことをすっかり忘れてしまっていたんです。

姉に「どういうこと？」と聞いても、要領を得ません。回光がＮＨＫにお電話して、とりあえず、その日のロケは中止にしていただき、打ち合わせだけにしていただきました。

第三章

見守る幸せ、ゆだねる幸せ

天光光はなぜ、死ぬ二日前まで仕事ができたのか

姉は生涯ずっと社会的つながりを保って生きていました。九十六歳にして、理事長や代表、役員や顧問などの要職を仰せつかっていて、その数は、二十五におよびました。なぜ、あのような活動ができたのか、それも、完全に健康な体ではないのに。

たまに、とても元気なお年寄りはいらっしゃいます。友人の知り合いの方は、やはり姉と同じような年齢なんですが、病院嫌いで九十歳になるまで、一度も健康診断を受けていなかったそうです。

その方が老人ホームに入るのに、審査を受け、生まれて初めて、人間ドックに

行ったんだそうです。結果は、足腰、聴力の衰えはあるものの、内臓はいたって健康というお墨付きをいただいたといいますが、その方は例外中の例外、大変ラッキーな方といえるでしょう。

その方を診た老人ホームの医師は「あなたは、今でも社会とのかかわりを持っていらっしゃるから、心身ともにお元気なんでしょう」と。

姉はその方に比べて、体はボロボロでしたが、気力は負けていませんでした。

姉の晩年の生活を見ていますと、非常にメリハリのあるライフスタイルだなと感心します。

姉は晩年、家にいるとき、ほとんどベッドに寝ていることが多かったです。ときどき起きて、リビングに座ることがありましたけれども、大半は寝室で本を読んだり、大好きな能のビデオを見たりして過ごしていました。それが、外での仕事、新聞や雑誌の取材などが入ると、とたんにしゃんとします。昨日まで、一日中トロトロしていたのが、嘘《うそ》のようです。

外に予定のあるときは、朝もぱっと起きる。朝食をしっかり手早く食べる。髪を整える。いつも一緒についていってくださる方が資料を持っていらっしゃる。姉は着物の場合は、自分で着ますから、周りは立っているのを支えて、帯やらひもやら、小物を揃えて渡せばいいだけなんです。それが整うとお出かけです。出かける姉の後ろ姿は、背中がしゃんと伸びて、足元もしっかりして、二十歳は若返ったようです。

外の空気に触れる、家族以外の人たちと交流するということは、これほどまでに生命にエネルギーを与えるものかと改めて思います。

公的な仕事でなくても、構わないんです。**趣味のサークルでも、旧《ふる》い友人とでも、社会に出て、人とかかわること、自分の病気や家族以外のことを考える時間を持つことが、人間にとって、とても大切なこと**なんです。

年をとったら、「きょういく」と「きょうよう」

友人から聞いたことですが、年を重ねた人間にとって一番大切なことは、「きょういく」と「きょうよう」なんだそうです。**「きょういく」とは、今日行くところ。「きょうよう」とは、今日、用事があること。**

介護人である私は、この年になっても幸か不幸か、食料を買いに行くとか、手紙を出すとか、外に出かけることがあります。他にも食事の支度や、家の中を整理整頓するなどの用事が山ほどあります。少しでもモタモタしていると、一日があっという間に過ぎてしまうので、**段取りやスケジュールをどうしても考えます。実はこれが脳にはよろしいんですね。認知症の防止にもなっていたと思います。**

姉の場合は、それが顕著でした。家では、半分病人のように、エネルギーが低下した状態ですが、今日行くところがある、今日用事がある……となると、ものの見事に蘇生《そせい》するんです。

こんなこともありました。

亡くなる二年半ほど前のことです。その年は、どういうわけか体調がすぐれず、入院して病院から出てきたら、また翌月、他のところが悪くなって入院、あるときなど、退院した翌日に入院ということもありました。半年で、のべ四ヶ月以上入院しており、病院と家を行ったり来たりしていたときのことです。

あるとき、また急に具合が悪くなり、救急車で病院に運ばれたのですが、そのときは、病室がすべていっぱいで、特別な個室しか空いていませんでした。しかたなく、その部屋に入ったのですが、そのとき、姉は珍しく、無気力になりました。

というのは、その部屋には専属のヘルパーさんのような方がついていて、すべてやってくださるのです。それこそ、食事の介添え、調髪、清拭となんでもかんでも、先回りして手を貸してくれるのです。

その結果、以前ならやってあげる、手伝ってあげると言っても、「いいえ、大丈夫」と手助けを拒んでいたようなこともすべて、誰かがやってあげないとできなくなってしまったのです。食事すら、口に持っていってあげないと、進まないといった調子になり、目はうつろ、ずっとベッドに寝たきりになってしまったのです。このときばかりは、先生たちも「このまま、家に帰れないかもしれません。覚悟してください」とおっしゃったくらいでした。

そのとき、姉は本を出版する準備の最中でした。入院して五日目に、ちょうど本の原稿のゲラが出来上がって、編集の方がそれをお持ちくださったんです。

編集の方も、いつもとまるで違う老女になった天光光を見て、あとで「本当にびっくりしました。別人のようになってしまって……」と話していました。

ところが、顔なじみの編集の方を見るやいなや、ベッドから起き上がり、メガネをかけて、ゲラに目を通し始めたのです。今まで丸く縮んでいた背中が伸びて、瞳に光が戻ってきて、「いつまでにお戻しすればいいですか」と尋ねる声は、いつもの、張りのある天光光の声に戻っていたんです。

私は、その姿を見て「あっ、今回も生き延びたな」と実感しました。先生は、血液検査や心電図などの数値を見て、もうむずかしいかもしれないとおっしゃったんですが、**生命力は、それぞれ違いますし、また、何かのきっかけで、生命力が活性化することがある**のです。

ゲラを見た姉は、生命力の中の社会性という部分が刺激され、活力を得、それにつられて、今まで衰えていた気力がよみがえり、ひいては、各臓器のポテンシャルを上げて、体全体を元気にした……私は私なりにそのように考えたのです。それから、数日後、姉は退院できました。そして、家に戻り、少しずつ自分のできることから始めて、二、三日もしたら、自立して、ほとんど手伝いを必要としないで生活できるほどに回復いたしました。

姉の場合は、自分の本のゲラでしたが、なんでもよいのです。社会性を喚起できるものでありさえすれば。

知り合いの方は、会社のＯＢ会でのあいさつを病床で頼まれ、「私はこのように、足元がふらふらしているので、無理です」と断られたそうですが、部下の方たちから「最長老のあなたがしなくて、誰がするんですか」とおだてられ、しぶしぶ引き受けたそうです。

根がまじめなその方は、翌日から早速準備を始めました。あいさつ文の草稿を作り、パソコンで打ち、出来上がった文を声に出して、練習し、家族の前でもリハーサルをし、そうこうしているうちに、体の不調を全く気にしていない自分に気がついたといいます。

マイナスの方に流れがちな気持ちを、プラスの方に持っていく。それは小さなきっかけでも可能なのだと思います。

自分を支えるチームも作る

老老介護というと、非常にネガティブな響きがあります。大変！　辛い！　疲労困憊《こんぱい》！

最近も、九十三歳のご主人が、介護をしていた八十三歳の奥様を殺すという悲しい事件の判決があり、話題となりました。

確かに肉体的にはかなりきついし、相手が最愛の奥様で、一日中、痛い痛いと苦しみ、いっそ死にたい、殺してと懇願されたら、そうしてしまう可能性は誰にでもあります。特に、二人の関係が親密で、二人だけの世界が出来上がってしまっている場合、一種の共依存のようになり、冷静な判断ができなくなってしまうのではないかと思います。

私の場合、**姉と妹という関係だから、うまくいった**のだと思います。血を分け

郵便はがき

お手数ですが、
切手を
おはりください。

151-0051

東京都渋谷区千駄ヶ谷4-9-7

(株) 幻冬舎

「96歳の姉が、93歳の妹に看取られ大往生」係行

ご住所 〒□□□-□□□□		
Tel.(　-　-　)		
Fax.(　-　-　)		
お名前	ご職業	男
	生年月日　年　月　日	女
eメールアドレス：		
購読している新聞	購読している雑誌	お好きな作家

◎本書をお買い上げいただき、誠にありがとうございました。
質問にお答えいただけたら幸いです。

◆「96歳の姉が、93歳の妹に看取られ大往生」をお求めになった動機は？

① 書店で見て ② 新聞で見て ③ 雑誌で見て
④ 案内書を見て ⑤ 知人にすすめられて
⑥ プレゼントされて ⑦ その他（ ）

◆本書のご感想をお書きください。

今後、弊社のご案内をお送りしてもよろしいですか。

（ はい・いいえ ）

ご記入いただきました個人情報については、許可なく他の目的で使用することはありません。

ご協力ありがとうございました。

た姉妹なので、言葉に出して言わなくても、わかり合える部分があると同時に、**その愛情は、夫婦、親子ほど親密ではない。お互いをクールに観察する余裕がある。**それに、我が家の場合、姉が家ではほとんど口をきかない、無口なものですから、相手の言葉、訴えに介護する側が過剰に反応しなくてもすんだのです。**特に幸いだったのは、「痛い、痛い」ということを訴えなかったこと**です。痛みを察知する脳のセンサーが鈍くなっていたのかもしれませんが、このことは、私としてはラッキーでした。姉は、心臓に欠陥があったため、少しでも「痛い」と訴えたら、心配で、私の神経がまいってしまったと思います。

それと、近くに、もう一人の妹が住み、娘の回光も、少し離れてはいても、何かあればいつでも飛んでくる、救急車で入院することになれば、夜中でも回光や、回光の弟の直飛人《なおひと》も駆けつけるという状態でしたから、安心感はありました。

このように、**私のような年寄りが介護の主体であっても、サポート体制があれば大丈夫**だと思います。サポート体制は、何も肉親に限ったことではありません。

介護保険を使って公的支援を受ける。また、信頼できる友人や知人と日ごろから相互扶助体制を作っておく、ということでも乗り切れるのではないでしょうか。

姉は早稲田大学に行く前に、東京女子大学に進学しており、そのときの同窓会で聞いた話ですが、東京女子大学も戦前の女子教育を担った大学なので、結婚せずに職業婦人として活躍している方が大勢いらっしゃいます。その方たちが老境に入って、一番困るのが、病院に入院するときの保証人がいない、ということだそうです。結婚しなくても、親類縁者が近くにいればいいのですが、地方出身者や猛烈キャリアウーマンの場合、親戚とのご縁が薄くなっていることも、ままあります。そのようなとき、同級生の仲よし五人が相互扶助グループを作り、お互いの保証人になりましょうと約束したというのです。

同級生なので、個人差はあるものの、同じように、老いの坂を下っている身です。どの杖《つえ》が使いやすいとか、どこの整体がよく効くなどのお年寄りの情報を交換し合うような、「杖談義」ができるんです。

老いていくさびしさ、昔、若く華々しかった青春の話を、心おきなくできるのも、老老介護のメリットです。

負けん気が出てお互い元気に

これからの日本は、介護される人口が増え、介護する人の不足がますます深刻になっていくことでしょう。私のように、九十代同士が支え合う、介護し合うという現実が、そこまで迫っているように思えます。

自分の経験から、介護施設で、体の丈夫な高齢者を介護要員として採用したらよいのではないかと考えております。**老老介護を積極的に取り入れたらいいのではないでしょうか。**もちろん、若い人のように、抱き上げる力や支える力はありませんから、肉体的な仕事は若い方に助けてもらい、生活支援の部分を担ってもらうということです。食事の介助、話し相手など、力を使わずにできるこまごまとした仕事を担当していただくんです。

そうしますと、介護する方にもされる方にもメリットがあります。介護する方は、おこづかい程度でも現金収入が得られ、社会の経済活動に参加しているという誇りが得られること、必要とされている、頼りにされているという生きがいを得て、心身ともに元気になります。

一方、介護される方にも、メリットがあります。年寄りの生活リズム、呼吸をわかってケアしてもらえるので、ストレスがないこと。昔話や若いころ流行った歌など、共通の話題があって、気持ちを共有できることです。

双方にとって最大のメリットは、お互いに刺激を与え合えることです。姉と私の場合がそうでした。

私も、この年ですから、体調の悪い日、どこか痛い日などあります。体重三十七、八キロの身ですから、一度ならず圧迫骨折をしているのですが、姉の体の調子を、私はわかっているものですから、弱音を吐けないんです。お姉様は、心臓の冠状動脈が詰まりかけているのに、よくがんばっていらっしゃる、私も骨折ぐらいでへこたれてなんかいられないという負けん気が出てくるんです。

姉にしてみたら、星子みたいなやせっぽちが、がんばって世話をしているんだから、こちらだって寝てばっかりいられない、とがんばるんです。**姉妹に限らず、年が近い者同士は、競争心があります。**たとえば、ベッドで寝たきりの方は、同じくらいの年か、もしくは少し上の方が起きて働いているということに刺激を受けて、自分もこんなことをしてはいられないと脳が働き、がんばる力が出てくるんだと思います。

それと、老老介護の場合は、やはり介護される側も、介護人の体調、顔色を見てくれているんです。私の場合、姉に自分の体調の悪いときは、はっきり言いました。

「私、今日、腰の骨を圧迫して、痛めちゃったみたいなの。だから、お世話できないわ。お姉様もがんばってね」

そう言いますと、姉は少し優位に立ったような顔をして「あなたはもし転んだら、骨バラバラよ。私は骨太だから、転んでも、膝のお皿を割るくらいですんだけど。あなたは骨細だからバラバラよ」と。

そして、二人で笑って、自分でできることは進んでやってくれて、本当に協力してくれました。

今、振り返ると、**老老介護だったから、姉も私も元気に、老いの道を歩いてこられた**んだなあと思います。

介護の問題に戻りますと、施設に若い方が大勢いて、きびきび元気に、やさしく働いてくださるのは、大変結構なんですが、そこに年を重ねた人生の経験者、老人の気持ち、体のわかる人がいて、サポートするというのが理想ではないでしょうか。

先日、朝日新聞にこんな記事が載っていました。「七十六歳の新人ヘルパーに感服」という題で、介護支援専門員のことが投稿されていました。七十六歳の男性が、リタイア後、人のお役に立つ生き方がしたいと、ヘルパーの二級の資格をとり、数ヶ所の福祉施設に応募したそうなんです。ところが年齢制限で落ち、ある高齢者施設でボランティアとして働き出したそうです。その仕事ぶりが素晴らしいので、ついに正式採用になり、その方は、利用者の方々と年齢が近いので、昔の思い出話を共有したいという夢をふくらませている、というものでしたが、私は、我が意を得たりとうれしくなりました。

また、最近（九月十八日発売）の週刊朝日では、八十歳前後の介護現場での働き手について、レポートしていました。その方たちのことを、「スーパーヘルパー」と呼ぶそうです。人生経験豊富で年齢が近いため、気持ちが通じ合って、双方にとってもとてもよいそうです。

介護のコツは、ほめてほめて、またほめる

私は子育てをしたことがないので、わかりませんが、よく、子供を育てるときは、長所を見つけて、たくさんほめてあげるとよいと言われますね。介護も同じだと思います。

私も姉をほめて、ほめてケアしました。小さな前ボタンを、どんなに時間がかかっても自分でとめていただくんです。そして必ず「すごいわねえ。このボタンとめられるのは、たいしたものよ。若くても、なかなかむずかしいのよ。これができるのは、脳の機能が活発なのよ。さすが、お姉様は頭がいいわ」と言って、やっていただくんです。姉もなんとなくうれしそうな顔をして、一生懸命やっていました。

そうすると、**自分ではこれまでという限界を超えて、少しずつできる幅を広げてくれる**んです。そして、感謝します。

「お姉様、ありがとう。そこまでやってくださると、私たち、楽だわ」

ほめる、そして、感謝する。単純な、簡単なことですけれど、これは効果がありました。本人が自分でできる範囲を少しでも広げてくれると、介護する側は、心理的にもとても楽になります。

介護というのは、子育てと違って、この大変さがいつまで続くかわからない辛さ、昨日より今日、今日より明日と、介護される側が衰えていくのを見なくてはいけない苦しみがあります。

本人の筋力が少しでも改善されるのを、目の当たりにすると、ふと元気になるかもしれないという、希望めいた気持ちになるんです。ささいなことがうれしくなるんです。

小さなことがうれしくなった

家で寝ている姉に、姉が大好きな能とか仕舞のビデオを毎日見てもらいました。姉は長い間、仕舞のお稽古をしていて、八十歳のお祝いとして、東京目黒の喜多流の能楽堂で舞を披露させていただきました。シテとして「湯谷《ゆや》」を舞う姉の後ろで、私は笛を吹きました。

そのときの**楽しい思い出の詰まった映像を、くり返しくり返し見てもらう**んです。熱心に見ているときもあれば、いつの間にか寝てしまうこともありましたけれど、脳にはいい刺激になっていたと思います。人間の脳というのは、働き者ですから、寝ていてもある細胞は覚醒していて、それらの情報をキャッチしているんですね。**その若いころの成功体験は必ず現在の状態にも影響を与える**んです。

そのようにほめて、喜ばせて、おだてて、姉に少しでも、昔できていたことを思い出してもらいました。そうすることで、前向きに生活してもらいたかったからです。

つい最近、姉のことをよく知る友人から、「あなた、よくがんばったわね。天光光さんは何もむずかしいことをおっしゃらない方だったけれど、いろいろ大変だったでしょう。でも、あなた、何か楽しそうに介護してたわね」と言われました。

そう言われて振り返ると、確かにいい時間を過ごさせてもらったなと思います。介護は、楽しかったかと言われると、そんなにうきうきするような楽しさではありませんでしたけれど、**何か充実していたな、自分のことばかりに集中しがちな意識が、姉の体調、気分に向いて、結構気楽に生活できたな**と思います。

姉を介護して何がうれしいかというと、便秘症の姉がスムーズに排便してくれたときです。そのときはいつも、本当にうれしかったです。回光との電話では、「今日、ウンタン出たのよ」と、はずんで報告しました。不思議なことに介護をしていると、**小さなことに、喜びを感じる才能というものが開発されるような気がします。**

気にしないことの効用

姉は日常生活のことは、全くだめなのに、よく気がつく点はありました。娘の回光には厳しかったようで、同居しているとき、お風呂に入ると「風呂釜が汚れてましたよ」「鏡が曇ってましたよ」などとお小言を言うんだそうです。娘は遠慮のなさからか、「自分では何もしないのに……」とついつい批判するような言葉を発していました。

また食事でも、同じものを絶対続けて食べないと言うんです。お昼に残ったおかずをアレンジして夕食に出してもだめです。宵越しのものは食べません。また、買ってきたお惣菜《そうざい》やお弁当は嫌いで、箸をつけないことがありました。

回光は、自分は作らないから、作る側の大変さがわからないのよ、と言っていましたけれど、私はあまり気になりませんでしたね。

母と子は、お互いに見方が厳しくなりますけれど、姉妹だとその辺りは、いい加減ですね。私は「お姉様は家督《かとく》相続人で、お雛様。私は、お雛様を支える三人官女の一人」という気持ちがずっとありますから、お姉様は別格として考えられるんです。ですから、介護も深刻になりすぎず、楽しむ余裕があったんですね。

生活面では、全くだめな姉ですから、思い出すとびっくりすることをたくさんしてくれましたよ。私の体調がよくなくて、お夕食を作るのが大変だったので、何かの会議で外に出かける姉に、「デパートの地下で夕食のおかずを買ってきてください。何かすぐ食べられるお魚がいいでしょう」と頼みました。

「はい、わかりました」という姉の言葉を信じて待っていたら、確かにお魚を買ってきました。生の、おかしらのついた、はらわたのとってないお魚丸ごと二匹を。

間違ってはいないのですが、すぐ食べられるものと注文したのだから、焼いてあるお惣菜のお魚を買ってくる、というところまで気が回らないのが姉なんです。

また、こんなこともありました。目黒にいたころ、八百屋さんが「玉ねぎのいいのが入りました」と言うんですって。そうしたら、姉は、「箱ごと届けてね」と、一箱丸ごと、何百個も買ってしまうんです。自分で調理しないから、普通の家庭が食事用に使う玉ねぎの量というものがわからないんですね。

こういうトンチンカンなことを、ときどきしでかしてくれる姉に対して、私たち姉妹は、怒るとかあきれるとかいう以前に、おかしくなって笑えてくるんです。その玉ねぎは、どうしたか忘れてしまいましたが、まあ、一生懸命、お料理に使ったり、家に出入りしていた人たちに、食べていただいたりして、さばいたんじゃないかと思います。

今思い出すと、姉と過ごした時間は、いい時間だったな、教えられることもたくさんあったし、おかしいこともいろいろあったなと思います。ただ、いつも不安だったのは、冠状動脈が詰まっている姉の心臓がいつなんどきか、動かなくなるのではないかということでした。

とことんやってみると楽しい

独りになった現在、姉の容体の心配はなくなって、その不安からは解放されたという安ど感はありますね。ですから、このごろ、朝起きて自分でごはんを食べていますと「ああ、自分だけのことをしていればいいんだ」と思うんです。そうすると何か、楽だなと感じる反面、ちょっと物足りない気持ちにもなるんです。そんなとき、少し後悔もします。あのとき、ああしてあげたらよかったな、こうしてあげたら楽しかっただろうなと。

私の性分なんだと思いますが、私は何をやっても、そんなにいやにならないんです。そりゃ、これまでの人生で、大変なことはたくさんありましたよ。だけど、そのうち、なぜか楽しくなってしまうんです。**余計なことをあまり考えずに、ことんどこまでできるか試してみよう**と、自分を試すようなところは、若いときからありました。

医者になりたてのころ、内科に入ったので、患者さんの容体によっては、よく病院に泊まっていました。ちょっと離れたすきに、容体が変化して間に合わなくなったら困るので、よく東邦大学病院の本館三階に泊まりました。そうすると、気持ちが通じるのでしょうか。私がアルバイトで、他の病院に出ている間は、息をつないでいてくれて、私の帰りを待って亡くなられたということもありました。若い患者さんでしたけれど、形見に、自分で作ったお人形を遺してくれました。

このように臨床をやっているときは、ああ、医者になってよかったなと思い、その後、基礎医学の道に進み、実験で夜を徹したときも、充実感がありました。

今回、**姉の介護をしているときも、辛いとか、どうしようかと不安になる前に、どこまでできるか、とことんやってみようという気持ちが先に起こってくるんです。**これは小さいころ叩き込まれた父の教えのためかもしれません。やろうと思っていることに突進するという力は父から教わったものですね。

これ、どこまでやれるか、やってみようという気が すぐ起きてしまうんです。だから、姉と最期まで一緒にいられて、無事に見送れたんです。

共倒れの危機を乗り越えて

「よく共倒れしませんでしたね」と、たびたび聞かれました。事実、介護をしている方で、する方もされる方も疲れはてて倒れてしまう、不幸な場合は、介護している方が先に亡くなってしまうということもあります。

私の場合も、共倒れの危機は何度かありましたよ。その場合、私が一人きりで姉を抱えているのではなく、**そばに、もう一人の妹や姉の娘がいて、すぐ相談できるという状況だったことが、一番大きかった**ですね。

ですから、**チームで一人の人を支えるというのが、理想**です。主たる介護人一人と、他に二人、三人官女で、お雛様を支えてくれたらいいと思います。

私は元来、骨が細いですから、よく骨折するんです。まだ、五十代後半でしたが、背骨の圧迫骨折をし、呼吸に関係する場所だったので、息が詰まって苦労しました。でも、このときも、府中の自宅から大森の大学まで行き、予定の講義を終えてから入院しました。

姉の介護をし始めたとき、そのときは、誰もそばにいなかったので、どうにかなるでしょうと、一人で姉を抱きかかえて動かそうとしたら、ポキッと音がして腰を圧迫骨折しました。

肋骨を痛めたときも、あまり痛みが引かないので、病院に行ったら、「あ、折れてますね。でも、もう治りかけているから、そのままでいいです」と帰されました。

一番大変だったのは、姉が亡くなる半年前の夏の終わりごろでした。その年は、異常な暑さだったから、いろいろな疲れが知らないうちにたまっていたんでしょう。回光と電話で話しているとき、何か、うまく話せないんですね。朝起きたときから、飲んだ水が口からこぼれてしまうんです。私のしゃべり方がおかしかったのでしょう。回光が「どうかしたの」と聞くものですから、「口が曲がって、飲んだ水がこぼれる」と言ったら、すごく深刻な声になって、「おばちゃま、すぐ病院に行って」と。

姉の娘の回光は、小さいころから第六感というんですか、サイキックな勘が冴《さ》えていて、ピッと閃くことがよくあるんです。姉がカリウム過剰で倒れたときも、回光が、一刻も早く救急車を呼んで病院に行って、と言うものですから、そうしたらそれが正解で、あと三十分、人工透析が遅れていたら、間に合わなかったと言われました。まあ、そういう回光のご託宣《たくせん》だし、私も、何か尋常ではないなあと感じていたので、東京に外出する姉と一緒に出かけて、大橋にある大学病院に行きました。私の症状を見た主治医は検査の結果を見て、「このまま入院してください」と。

そう言われても、私には姉の介護がありますから、そのまま入院はできません。どのくらいの入院になるかわからないし、最悪の場合、私が姉より先に逝く場合も考えられます。いろいろ私にしかわからないことがあるので、お医者様の反対を押し切ってまずいったん、家に帰らせてもらいました。回光やケアマネージャーさんと電話で、今夜からの姉のケアをどうしようかと相談しました。何度かショートステイでお世話になった施設にお願いしようと思って、手続きを始めたんですが、姉はそのときひどい便秘で、病院に行かなければならず、急きょかかりつけの病院に入院させてもらうことになりました。

私は家で、姉の飲み薬を一回ずつ袋に詰めて整え、もろもろ準備して大学病院に戻りました。夜になっていました。

脳のMRI検査の結果は、脳幹部の梗塞の疑いがあり、この箇所は、呼吸に関係がありますから、大変危険です。病院の先生方もとても緊張し、私もこれでだめになるんだな、おしまいだなと覚悟を決めました。

介護人としては、姉のことは大変気になりますが、どうしようもありません。まあ、「宿命じゃ」と腹をくくるしかありません。その夜から治療が始まりました。そして、症状が出るのを今か今かと、恐れながら待っていたんですが、なかなか症状が出てこないんです。主治医が「症状が出てこないから、おかしい。また調べさせてください」と。数日の治療後、また、MRIをとったら、不思議なことに、影が消えていたのです。お医者様もビックリされたと思いますよ。

どうしてこうなったのか、いまだにわかりません。私の場合は、最初に中枢性《ちゅうすう》が疑われ、中枢性の場合は危険ですが、末梢性《まつしょう》だと、顔面神経麻痺で、命に別状はありません。

ところが、末梢の状態も種々の検査では出てこないので、診断を決めかねていたのです。何しろそのときは顔の左右にひどい段差があり、鏡に映る自分にびっくりしました。退院するときは治りましたけれども、今でも、右側の口唇の感じは鈍いことは鈍いですから、きっとこちらの神経がやられていたのだと思います。

ただ、このとき、大事にならなくてよかったと思います。かるい麻痺くらいですんで、そうでなければ、きっとどこかで倒れていたと思います。知らず知らずのうちに、疲労をため込み、リラックスすることがありませんでしたから。二週間ほど病院でゆっくり休んで、顔の違和感も、退院するときにはとれて、私にとっては、本当に骨休みになりました。

姉も入院先の病院から無事に帰ってきて、残り半年間のラストスパート期間を、二人三脚で歩いたわけです。

信心深い回光は、脳幹部の影が消えたのは、神様が祈りを聞いてくれたのよと言っていましたけれど。科学を信奉してきた身としては、そうね、とすぐ同調するわけにはいかないんですが、そういうことかもしれないなと思う気持ちはあります。人間が解明したと思っていることなど、ほんの少しで、科学でも医学でも、未知な部分はたくさんあるんですから、神通力《じんずうりき》が働いたと考えるのが楽しいかもしれませんね。

お金のやりくり、SOSの出し方

老老介護をしていて、いやだなと思ったことはないし、小さな喜びごとは毎日、いくつもいただいていたけれど、姉の心臓の爆弾がいつ爆発するかという心配が常にあり、二人の間の非常用ベルが鳴るのが、正直こわかったですね。ただ「これって、いつまで続くんだろうか。経済的に大丈夫かしら」という不安に襲われたことも事実です。

年をとると、家計のことは本当に大変です。どなたか、社会学者の方が、「住む家と貯蓄一千万円、そして友人がいれば大丈夫」と言っているそうですが、確かに、ある程度の備えがあれば、心配は少なくなります。

学生時代に聖書のお勉強で、「あすのことを思いわずらうな。あすのことは、あす自身が思いわずらうであろう。一日の苦労は、その日一日だけで十分である」（マタイによる福音書6章34節）という言葉を習いましたが、今思うと、とはいっても、明日のことを思いわずらってしまうのが、人間でしょと考えてしまいます。

一家の中には、家計のことを考えずに、外に出かけていって、天下国家、世界平和のために働く役割の人もいます。義兄、園田直や姉、園田天光光。スケールは小さいですが、姉のミニ版として妹の徳子がそういうタイプです。そういう人たちばかりだと、家は傾いてしまいます。

一家の家計をあずかって、どんなに文句を言われても、ひきしめる宿命を担っている人物が必要なんです。その役目が私でした。まさに「宿命じゃ！」です。

ですから、ずっと、頭の片隅では、明日のことを考えていましたね。姉がたびたび入院していたときは、心配でした。口では「思いわずらうな」と言いますが、考えなくてはいけないのではないでしょうか。支えるものがなければ生きていられないのが、現実ですから。

社会学者は、一千万円あればいいと、おっしゃいますが、一千万円がなくなったらどうなるのでしょう。やはり計画性はとても大切です。

最低限確保しておかなくてはならないのが、家ですね。老人ホームでも、経済的に負担のかからない公営住宅なら、それでもいいと思いますが、終《つい》の棲家《すみか》となるところがあれば安心です。

それと、最近、親の介護のために、会社を辞める子供世代のことが問題になっていますが、いろいろ事情があって、そうなさるのでしょうけれど、私は、その決断は避けた方がいいと思います。会社を辞めると、たちまち経済的に立ち行かなくなってしまいます。親の介護に生活負担、この二つを担うのは、重すぎます。**役所の福祉課や支援をしてくれるNPO、また周囲の友人、知人にSOSを出して、経済的に自立しながら、親の介護をする方法を考えた方がいい**と思いますよ。

いろいろ制約はありますが、介護制度をうまく組み合わせて、なるべく一人で抱え込まない道を選んだ方がいいですね。ここで大切なのが、友人の力です。何も、自分の代わりに親を介護してくれとあてにするのではありません。問題や大変さを一緒に考えて、情報を与えてくれることがありがたいのですね。SOSを誰にも出せない人は疲れてしまいますから。

人間は、他の人間に助けてもらって生存している生き物だと考えて、どんどん相談し、知恵をいただくのが賢明ですね。

また、最近、東京のお年寄りに、介護施設にゆとりのある地方に移住してもらうという考えが出てきていますが、それはどうでしょうか。知っている人や活動できる場があれば、いいかもしれませんが、社会的つながりや絆を考えると、安易なような気がします。女性の場合、案外、知らない場所でも溶け込みやすいんですが、男性はなかなかむずかしいですね。昔、偉かった男性ほど溶け込めず、孤立してしまいます。私も姉と一緒に老人ホームに入ろうかと考えたこともあるので、そのとき、ちょっと見に行ったことがありますけれど、男性は、これまでの肩書きやプライドをどうしても捨て切れないんです。

薬は分包とお湯の温度が肝心

先日も、テレビで取り上げていましたけれど、お年寄りにとって、薬の管理は、とても大切です。飲み忘れ、飲みすぎ、ともに生命にかかわる場合があります。

生命を維持するために、少しでも円滑に体が動くように、たくさんのお薬を飲んでいた姉は、糖尿病や心臓のお薬を何種類か、飲まなければいけないんですが、自分では、その管理はできません。

大学病院の院内薬局で薬をもらってくるので、その管理をする仕事は、私がいたしました。が、後に、院外薬局で分包《ぶんぽう》してもらい、わかりやすく、旅行先や出先で、自分でも飲めるように、工夫しておきました。

この**分包というのは、飲み方の違ういろいろなお薬を、朝、昼、夜、寝る前などに分けて、袋に入れてもらう**のです。朝飲む分のお薬は、すべて朝の袋に入っているので、自分で薬を分ける手間がなく、飲み間違いも防げるから、大変助かります。

それと、最近の病院のお薬の処方ですが、何か習慣的に出しているような気がいたします。

たとえば、高血圧のお薬ですが、いくら効き目がよく安定しているといっても、ずっと同じものを飲み続けるのはどうかと思います。ときどき、違うお薬に変えてみて、その変化を観察してみることが大切ですね。薬には、必ず副作用というものがありますから、同じものばかり飲み続けている方は、一度主治医の先生にご相談なさるといいと思います。

それと、お薬の飲ませ方ですが、お湯の温度が肝心です。**お薬のお湯は、ぬるま湯がいいですね。冷たいものは、気道を狭くさせるので、食道をすうっと下りないんです。**途中でつかえるんです。

また、温度が高すぎるものは、むせやすいんです。熱いお湯を口の中に入れると、お年寄りはすぐにむせます。むせると危ないですね。誤嚥《ごえん》の原因になりますから。

ただ、姉は薬の飲み方が天才的に上手でしたね。たくさんのお薬をいっぺんにぱっと口に入れて、むせずにうまく飲んでいました。そういうところに、九十六歳まで一人で生きてこられた力があったんですね。年寄りにとって、一番こわいのは誤嚥性肺炎です。一滴の水、一粒のお米が肺に入り、肺炎を起こして亡くなるというケースもありますから。**水や薬の飲み方がうまいと、少なくとも誤嚥性肺炎のリスクは小さくなります。**

父から学んだ、思いやりというケア

介護をするとき一番大切なことは、想像力ではないかと思うんです。こうしたら介護される側の心身はどう反応するのか、気分はどうなるのか、そのことが想像できると、たいてい相手のいやがることはしませんよね。

私には、病人を看護する名人が身近にいました。それは、父でした。母が早く亡くなり、後添えをもらうまでは、父が私たち子供の子育てを一手に担っていました。子供が病気になったとき、父は看護婦さんを雇っていました。熱の下げ方、お腹を下したときの処置。私たちの子供のころですから、今のように、症状に合ったお薬を飲んですぐ、病気がけろっと治るということもなかったので、父は看護婦さんのやり方を体得したのかもしれません。心身両面からのケアを心がけていたような気がします。

私が結核になったときも、当時はストレプトマイシンという特効薬がない時代でしたから、家での療養はもっぱら民間療法に頼っていました。私が腹膜と肋膜に水がたまったとき、姉がどこからか「お腹の水を抜くには、キツネザサがよい」と聞いてきて、探してきてくれて、煎じて飲ませてくれました。

父は日ごろは、箸の上げ下ろしや、言葉づかいなどに大変厳しく、特に、精神面を強くする、ある種のスパルタ教育を徹底的に行っていましたが、いったん、子供が病気になると、それはやさしく、大事にしてくれました。母を亡くしたこともあり、生命の灯は、いつなんどきか、ささいなことで消えてしまうものだということを知っていたんだと思います。特に、小さい子供が熱を出したりすると、まずお医者さんに往診を頼むと同時に、看護婦さんを住み込みで雇います。病人が峠を越すと、今度は、自分が看護婦さんから教わったように、看るんです。その心遣いがとても、細やかで、私は、小学校の上級のころ「病気になりたいな。お父様がやさしくなるから」と思っていました。いつも厳しい父が、お姫様のように扱ってくれるからです。

父は医学に関して、専門の知識はありませんでしたが、「病は気から」ということをわかっていたのかもしれません。

今は、皆さん、誰もが免疫という概念から病気を考えることを理解されていますが、九十年前はそのような医学的知識からではなく、昔から言われていた「病は気から」という言葉を信じていたんですね。**父が病気の子供を大事に、愛情こめて接すると、子供の気持ちが満たされ、自然治癒力が高まって、回復していく。**それを身をもって、あらわしていたのだと思います。

姉の介護をしているときなど、ふと、何十年前の父のしぐさを思い出しました。たとえば、ふとんをかけるとき、さっとかけるだけでなく、足元や脇から寒気が入ってこないように、最後に、そっと押さえる……など、小さなことですが、愛情細やかなしぐさがよみがえりました。

年寄りは甘やかしてはだめ、無理させてもだめ

年を重ねると、どんなに元気で、やる気に満ちていた人も、無気力になり、引きこもりがちになります。これはしかたがないことです。あんなにお外が好きで、八十代後半まで、家には寝に帰るだけだった姉ですら、九十三歳くらいから、家にいるときは、すぐベッドで横になるようになり、一日中、うとうとする状態が

続くようになりました。これは老化の自然なプロセスなので、改善することは無理です。しかし、少しでも、その進度を遅くすることは、周囲のちょっとした努力で可能です。

まず、外的な刺激を与えること。うちの場合は、娘の回光が一時間おきに電話して、姉を起こしていましたが、それは肉親でなくてもいいのです。友人、知人に電話をかけてもらうのでも構いません。それも無理なケースがあると思いますが、今後は、**ボランティアの手を借りて、電話をしてもらい、脳にわずかでも刺激を与えることが考えられてもいい**と思います。

それと同時に、**介護する人は、お年寄りを甘やかさないことも大切**です。無理をさせるのは禁物ですが、真綿に包んで過保護にするのは、もっと悪いです。姉の場合、心臓に爆弾を抱えていましたから、その点は細心の注意が必要でしたが、私は脈を診、血圧を測って、異常のないときは、少々、体に負荷をかけるような生活をさせていました。「糖尿病なんてのはね、ちゃんと食事の管理をしていれば普通に働けるのよ。深刻な病気ではないんだから。そんなに寝てばっかりじゃだめでしょ」と言って、起こしていました。

私は長年の医師としての経験で、血圧、血糖値、脈を診て、判断していましたけれど、このくらいは誰でもできます。毎日、その人の顔の表情、声、息遣いを見ていれば、機器を使わなくても変化に気付きます。元気がなくなったり、体に異常がある場合は顔に出ますし、声に力がなくなります。もう少し若い人の場合、自分の不調を気付かれまいとして、無理にはつらつとした声を出したりしますが、九十代ともなると、そのような気遣いがなくなり、赤ちゃんのように自然になりますから、わかりやすいのです。

声が弱いとき、顔がぼそっとして白けて生気のないときは、本人が「元気」と言っても要注意です。無理をさせずに様子を見ましょう。私も、スケジュールを回光と相談して、姉の許可なくキャンセルして、姉を怒らせたことが何回もあります。

介護する側の勘というものは、あたります。何か様子が少し違うな、やめさせた方がいいなと思ったときで、本人がどうしても行きたいという場合があります。そのようなときは、正直に本人に話しました。「今日、体の調子が悪そうだし、血糖値も血圧も脈もおかしいのよ。大事な用事だけど、キャンセルした方がいいのでは」と。

そういう場合、素直に納得する場合と、義理があるから命をかけても行かなければならないから行くという場合がありました。その覚悟は、私にも伝わります。そのようなときは、私は行かせました。

姉が二言目に言っていたセリフが、「私の人生だから、私の自由にさせて」です。そのような覚悟で、人生を切り開いてきた姉です。私は、たとえ今日、無理して姉が出かけて心臓発作で倒れても、後悔しない、と自分で決意して送り出しました。そのようなケースで忘れられないのが、九十四歳で出かけた熊本の天草への二泊の旅でした。

姉自身を支えた〝使命感〟

晩年の姉を支えたのは、ライフワークを成し遂げるという執念でした。少々長くなりますが、説明させてください。

姉は、自身の衆議院議員の道を断念して、義兄・園田直の妻として、陰で義兄の選挙や政治活動を支えてまいりましたが、本人も、自分で何か、女性の社会的地位の向上や、世界平和への貢献活動をしたかったのでしょう。また、古くからの姉の支持者の女性たちが、よく姉を訪ねてきて、茶の間で、いろいろな話をしていました。姉は世間話や噂話が苦手で、その種のこと、人の悪口は一切しない人でしたので、話題は、そのときの政治的問題や社会問題でした。その集まりが発展して、竹光会という名前の会となり、さまざまな活動をしていました。

「答礼人形」をご存じでしょうか。昭和二年、アメリカと日本が戦争を始める前のことです。親日家の宣教師、シドニー・ギューリックさんが、両国の親善のために、それぞれ、パスポートを持った約一万二千体の「青い目の人形」を、日本に贈ってくれました。そのお返しに、おかっぱ頭で、振袖を着た市松人形が答礼人形として、アメリカに贈られました。

両国は、まもなく戦争をすることになってしまうのですが、その間、青い目の人形も市松人形も、贈られた国で大変な思いをしました。敵国の物として、それぞれがその国で迫害を受けたのです。燃やされたり、日本では竹やりで突かれたりして、大半が壊されてしまいました。それでも、「人形に罪はないではないか」と考える心ある人の勇気ある行動で、難を逃れた人形がありました。その人形のことを報道したNHKのドキュメンタリー「人形使節メリー」という番組を見た姉は、戦前の「青い目の人形」と「答礼人形」を集めて展示し、平和の尊さを訴える「平和を祈る会」を実行いたしました。昭和五十三年（一九七八年）のことです。日米両国の国旗が会場の飾りとなっていた、その展示会場に来ていた小学生の男の子から「なんで世界の平和を祈るための会に、日本とアメリカの旗しかないの？　世界にはもっとたくさん国があるでしょう」と尋ねられ、姉は考えさせられました。

そして、一つのアイディアを思いついたのです。

「一九七九年は、国際児童年だから、それを機に、日本から世界の子供たちに、平和大使のお人形を贈って、平和の架け橋を作る運動をしませんか。明日の世界の平和は、子供たちから始まります。小さいときから、世界と交流し、世界を身近に感じていれば、戦争を起こすようなことはしませんよ」と。

それに賛同した主婦十人の仲間と、「日本の子供たちから世界の子供たちへ。あなたの国と仲良くしたいんです。友達になりませんか」というメッセージとパスポートを持った日本人形を、東京にある世界各国の大使館に贈ろうということになったんです。

私はそのころ、愛知で医学部学生の教育と研究生活をしていたので、この間の事情はよく知らないのですが、妹の徳子は、一生懸命に協力していました。

メンバーは、十人の主婦たち。まとまった資金がないために、全国の子供たちにおうちの引き出しに眠っている一円玉を、お人形作りのために、寄付してくださいと呼びかけたところ、当時のお金で、三千七百万円が全国から集まったそうです。

姉は、人形製造業「吉徳《よしとく》」の人形師、山田徳兵衛さんを訪ね、男女一対の市松人形の製作をお願いしました。吉徳はかつての答礼人形を作った会社で、徳兵衛さんは、姉たちの話に賛同してくださり、「技術は全部奉仕させてもらいます」と、人形師さん五名を選んで、百対の市松人形を作ってくださいました。その衣装はすべて寄付金でまかなったのです。大和太郎、大和花子と名付けられた人形は、平和のメッセージとともにパスポートを持って、世界百ヶ国へ、在日各国大使館の大使夫人を通して平和大使人形として旅立ちました。

その返礼として、在京の五十七ヶ国の大使館からそのお国の民族衣装を着たお人形が贈られてきました。このようにして集まった世界平和大使人形は、姉がお預かりして、自分で倉庫を借りて、大切に保管していました。

しかしあるとき、姉は、自分が亡くなったあと、一体、このお人形たちはどうなってしまうんだろう、誰が面倒を見てくれるのだろう、と、とても心配になりました。姉にとって、お人形は世界平和の象徴であり、自分たちの活動の足跡を象徴するものであると同時に、日本人特有の考えを抱いていました。

お人形は、単なる物体やおもちゃではなく、人形《ひとがた》、作り手や贈り手、そして持ち主の魂がこもった特別な存在と考えていたようです。

科学的教育を受けた私としては、姉の考えに、すべて同意するわけではありませんが、姉の平和に対する願いのシンボルとして、その念がこもっているものではないかと理解しました。

そんな姉が、自分の加齢とともに、しきりに、預かっているお人形のことを言うようになり、この子たちの終の棲家を作らなければ、死に切れないと思うようになりました。そして姉のライフワークとして、姉が八十七歳のとき、この事業に賛同した元国連日本政府代表部公使で、近年は「日本女性の活力を、社会の活力に」をモットーに、NPO法人「女子教育奨励会」（現「JKSK女性の活力を社会の活力に」）を立ち上げてご活躍の木全《きまた》ミツ氏の協力も得て、NPO法人「世界平和大使人形の館をつくる会」を立ち上げました。

まさに鬼気《きき》迫るものがありました。病院から帰ってきた翌日でも、たとえ骨折してドクターストップがかかっても、お人形のための講演や資金集めとあらば、這ってでも行きたいという執念でした。

リーマンショック、また東日本大震災という大惨事に見舞われた時期にもかかわらず、園田直の故郷の熊本、天草の天草コレジヨ館の一隅に「世界平和大使人形の館」を開設することができました。

平成二十五年（二〇一三年）十一月三十日が開会式でした。この年の姉の体調は、前年に比べてかなりよくなっていました。前年が、一年のうちの半分以上を病院から出たり入ったりの状態で過ごしていたことに比べれば、雲泥《うんでい》の差でした。それは、平成二十四年（二〇一二年）の暮れに本を出版し、その関連で取材が相次ぎ、また翌年の七月には、思いがけず、後藤新平賞という栄誉ある賞をいただいたりと、喜びごとや刺激がたくさんあったからではなかったかと思います。

刺激と喜びと希望が、底をついて消えかけていた姉の生命力を再び燃え上がらせてくれたような気がします。とはいっても、やはり年齢からくる臓器の衰えを全部、カバーするほどではありません。

姉としては、十一月三十日には、どうしても開会式に出席したいわけです。テープカットと植樹、それに開会式やレセプションでのあいさつをしなければなりません。この年は、夏ごろから各種の会の出席や、お誘いをセーブして、一日おきか二日おきくらいに外出を控えてもらいました。体調管理を、姉も渋々行っておりました。

ただ、十一月に入ってから、軽い風邪をひいたようで、熱っぽい日もありましたが、早めの投薬や休息で乗り切りました。そして開会式にそなえて、前の日に飛行機で現地入りし、知り合いの病院に入って、病人食でカロリーを調整していただき、一泊しました。そして、翌日、無事に各イベントをこなすことができました。その夜は、地元の方々とご一緒の懇談会がありましたが、姉は最後まで、皆様と一緒に過ごすことができました。

私にとっても、姉のライフワークを支えるという目的を達成した日ですから、開会式を、この目で見たいという気持ちはありましたが、年寄り二人が行っては、皆様に二重のご心配をかけることになるし、帰宅後の姉の介護のため、自分の体力の温存を考えて、姉の無事を祈って留守番をしていました。

出かけるときの体調がよかったので、あまり不安はありませんでしたが、なにぶん九十四歳の年寄りですから、乗り継ぎのある長時間の飛行機も問題ですし、場所が変わるための便秘も心配です。とても落ち着かない気分で留守番をしました。

ここ一番の祈りの力

お産のとき、幼い子供三人と生まれたばかりの嬰児《えいじ》を遺して、母が亡くなって以来、父は一日中、お経三昧の生活を送っていたことは、前にお話ししましたが、歩くのが好きでしたから、ときどき、中野の哲学堂に子供たちを連れていき、「ここでお母さんに会える」と言ったそうです。姉はそのときのことを鮮明に覚えていて、「肉体は死んでも、霊魂というものはずっと生きていて、この世とあの世を行ったり来たりするものだ。だから、お母さんの魂がいつも守ってくれるのだ、こわいことは一つもないのだ」と、子供なりに理解したそうです。その宗教観というものが、姉の人生に大きな影響を与えたと言います。

長じて、青山学院の女学校に進学すると、そこで聖書を教えられるわけです。おぼろげに抱いていた霊とか、魂を「神」という概念で、教えられたのです。そこでキリスト教に入信することはなかったのですが、**人知を超えた大いなるものへの憧憬は、姉と私にとって一生涯続きました。**

政治家の宿命として、選挙がありますが、選挙は水ものと言われているように、何が起こるかわかりません。予測不可能な部分があります。そのような生活の中で、姉は最後は神仏のお力を頼み、祈っていました。

ですから、家には、いろいろな神社、仏様とご縁のある方が出入りしていましたね。私たち家族もそのたび、ご縁のおすそわけをいただいていました。

母の死や、その後の父の宗教的傾向も、無意識のうちに私に影響を与えていたのかもしれません。

青山学院で学んでいたときは、神の存在と神にゆだねて生きる生き方を学び、祈りの日々の中に、結核の長い闘病生活を生き抜くことができました。

その後、姉が連れていってくれる「生き仏様」ともお会いしました。

その方は、九州の光妙教会の如来《にょらい》様といわれる教祖様で、不思議なご縁と大きな影響をいただきました。特に、如来様のお嬢様から、いまだに心の支えをいただいております。その関係で、我が家には長い間、いつも「生命のみいづ様」といわれる霊水が常備してありました。何か、体調の悪いときは、そのお水をいただく習慣がありました。

「人間この未知なるもの」という、ノーベル医学生理学賞を受賞したアレキシス・カレルの言葉が私の医学の道での座右の銘でもありましたし、奇跡的な病の治癒をもたらしたといわれる、ルルドの泉の話などからわかるように、心からの信頼は、やはりよい結果をもたらすものと思います。姉の突然の脳梗塞や、顔面神経麻痺が、その水をいただくことで治ったのは、姉の信じる力が奇跡的な治癒をもたらしたのだと考えられます。また継母は、最期にこのお水を自ら欲していただき、大往生できました。

今でもお水は仏壇に供えてあります。そして、毎朝仏壇に向かって、教祖様が教えてくださった「南無阿弥陀仏《なむあみだぶつ》」の声明《しょうみょう》を唱えています。実はこれがその日の体調を知る、いいバロメーターなんです。息が長く続き、大きな力強い声で唱えられたときは、グッド。なぜか、途中で息切れがしたり、声がかすれたりしたときは要注意です。このような祈りの中に私の一日が始まるのです。

不安や心配を口癖にしない

姉の人生を思い起こすと、一つの信念を感じざるを得ません。**言葉の力、言葉が心身に与える影響を信じていた**ことです。マイナスの言葉やイメージを持たない……といった、現在よく言われているポジティブ・シンキングのテクニックというよりは、もっと深い意味を感じていたように思えます。言霊《ことだま》というものを信じていたのかもしれません。言葉には力があり、発した言葉によって、その人の人生が展開していくという考え方です。それは、姉夫妻が師事していた中村天風先生の思想だったと思います。言葉の力、恐ろしさを知っていたからこそ、家では、無駄口をきかない、世間話をしない、極端なことを言えば、一家団欒をしないといって、沈黙の人になってしまったんですね。

人の悪口を言わないということは、姉の人生を貫いた一つの生活信条でした。小さいころ、悪口を何気なく言ってしまい、そのときの後味の悪さが身にしみて、生涯、人の悪口、噂話をしないようにと心に決めたというのですから、その意志力は大したものです。

姉は、マイナスの言葉、心配や不安に陥れる言葉についても、気をつけていました。娘の回光が、姉の身を案じて発する注意の言葉にも、「あなたみたいに、不安をあおるようなマイナス言葉を使っていると、よくないわ！」と注意していました。それでも回光がやめないと「私の人生だから、自由にさせていただきます」と、一方的に電話をがちゃんと切ってしまうんです。

「お姉様、回光は心配して言っているんだから、少しは、ハイハイと聞いておあげなさいな」となだめるのが、私の役目です。でも、そんなとき、姉はいつも自分の信念を短く言って、反論していました。

「いつも使っている言葉や口癖は、とても大切なのよ。その通りになるんだから」

姉は暗に、妹・徳子のことを言っていたのだと思います。徳子は、末っ子で、母親をお産で亡くし、一度も母に抱かれたこともなければ、母の乳を吸ったこともない子供でした。人一倍、肉親の愛を渇望し、姉妹の愛にすがっていたのだと思います。ことに、姉、天光光のことが大好きで、私の目には、幻惑されていたように映りました。一時でも一刻でもおねえちゃまと一緒にいたい、おねえちゃまのように行動したいと願っていました。

義兄が亡くなり、姉が都内のマンションで一人暮らしをすると、府中の家にときどき帰りはするものの、そこで寝泊まりするようになりました。国内でも外国でも、常に一緒についていきました。そういう妹の口癖は、「姉妹の中で一番先に死にたい。みんなに送られたい」というものでした。「お姉さんたちのお世話をして、見送り、一人残されるのは、どうしてもいやだ」と言うんです。自分は結婚しないし、子供もいないので、一人残されたらどうしたらいいのと。

若いころから、そう言うものですから、最初はみんな笑って「そうは言っても、年の順からいくとあなたが最後よ」とからかっていましたが、あまりにも何度も何度も言うものですから、姉も終《しま》いには、叱っていました。「そんなことばっかり言っていると、本当にそうなりますよ」と。

そして、本当にそうなりました。七十六歳のとき、八ヶ月の闘病生活の末、姉妹だけでなく、大勢の友人たちに囲まれて、天に旅立つことができました。幸か不幸か、妹の口癖は姉妹の中での一番早い旅立ち……という現実を作り出したんです。なんと言いますか、複雑な気持ちです。やはり、日ごろの口癖は大切なのだと思います。

私の場合、口癖ではないのですが、何かというと、頭に浮かんでくる言葉があります。前にお話ししましたが、「宿命じゃ！」という言葉です。

ＮＨＫの大河ドラマで、そのセリフを耳にして以来、心の奥にしみわたり、そこにすみついてしまったようで、苦しいとき、辛いとき、理不尽だと思うとき、せつないとき、自分の人生に行き詰まったとき、ふと口を衝《つ》いて出てきます。宿命、運命。私は昔から、この言葉になぜかひかれていたようです。定年後に短歌を習い始めましたが、初めて作った歌集『満天の星』の中で、こんな歌を詠んでいます。

姉妹海外に飛び家守る運命《さだめ》のごとき吾《われ》の役割

第四章

旅立つ前まで現役で生きるということ

「年だから」という自覚はなかった

ふと思います。姉は自分のことを、「年だから」「年寄りだから」と感じたことは、一度もなかったのではないかと。

七十歳で始めたスペイン語は、毎晩、暇さえあれば、テープを聞いて勉強していましたし、九十歳になってからは、竹光会顧問の元フジテレビアナウンサーの小林大輔さんの朗読教室に通って、恋愛小説の一節など、楽しそうに朗読していました。このように好奇心は、晩年まで衰えることがありませんでした。

竹光会主催の九十三歳のお誕生日会では、「私は今小学生のように、わくわくして、毎朝、目覚めています。今日、どんなことを知ることができるかしら、どんなことを教えていただけるかしら。九十三年間生きてきても、この世にはわからないことばっかりです。どうしてかしら？　はてな？　そういう疑問を一つでも解決したい。わかるようになりたいと願っています」と。

この姉のあくなき好奇心は、私共、妹たちにも大きな影響を与えているのです。

アメリカのホリスティック医学のリーダー、ディーパック・チョプラさんの『エイジレス革命』という本に「人が老いて死ぬのは、他人が老いて死ぬのをまのあたりにしているからである」というインドの賢者の言葉が紹介されていました。

姉は自分が老人であると、一度も思わないまま亡くなったのではないかと思います。真に幸せな人生でした。**そんな姉とともに暮らしていて、私も実は、自分自身を「年寄り」と言いながら、あまり老いというものを実感していなかったの**ですが、姉を亡くしてから、急に足の衰えを覚えるようになり、杖を使い始めました。老化は足から来ると言う通り、杖を使い始めてから、自分が老人であると、否が応でも自覚いたしました。

老人といっても、私の場合、超後期高齢者です。厚生労働省の分類によると、六十五歳から七十四歳までを前期高齢者、七十五歳以上を後期高齢者としていますが、九十歳以上は、超後期高齢者と言ってよいのではないでしょうか。

そういう分類からいきますと、一般的には六十五歳から七十四歳までの前期は、病気は起こってはくるのですが、機能的にはまだ保存されている年代なんです。ですから、社会的には活動できます。サラリーマンだったら、一つの会社を定年退職して、次の会社に再就職し、第二の人生を送ることが十分可能です。私の場合も、長年勤務していた藤田保健衛生大学医学部教授を六十五歳で定年退職し、東京に新設された川村学園女子大学に、一般教育部門の教授として招かれて、女子教育に携わりました。心身ともに元気でしたので、自然科学や予防医学の面から、情熱をもって第二のコースで働くことができました。

七十五歳以上になってきますと、後期高齢者ですから、ここから老化が進んでくるんです。老化現象としては、誤嚥、転倒、あるいは、おもらしなどの排尿障害と、認知症の症状が急にあらわれてきますね。

人によってあらわれ方は違いますが、後期になると、病気の数も増えてきます。また、前段階ではあまりなかった運動機能障害も起こってきます。このごろ問題になっている「ロコモティブ・シンドローム」いわゆる「ロコモ」ですね。筋肉、骨、椎間板《ついかんばん》などに故障が起こり、歩行が困難になったりします。

運動障害も、後期から起こる人もいれば、私のように超後期になって起こってくる人もいます。転倒をきっかけに、さまざまな障害が起き、寝付いてしまうことは、よく言われています。

また、感情面では、だいたい年をとってくると、社会的活動がなくなり、社会人として被《かぶ》っていたお面を脱ぎ捨てて、その人の持って生まれた性質があらわに出てきます。もともと怒りっぽかった人は、社会の中でそれを押し殺してどうにか、周囲と折り合いをつけて生きてきたのですが、家に引きこもって、社会とのかかわりが少なくなると、それを抑える必要もなくなり、ストレートに出すようになります。怒りっぽい人はますます怒りっぽくなってしまうんです。怒りっぽくなると、家族からも敬遠され、ますます引きこもり、孤立化し、ウツ状態に陥ります。

老人性ウツとどう付き合えばいいか

老人性のウツ症状は、本人にとっても、とても辛いことです。孤立し、社会から疎外されたさびしさ、虚《むな》しさに加えて、目の前に迫る死に対する恐怖というものもあります。

私のような超後期高齢者は、いつも、死についての考えが頭の片隅にあります。目の前に人生の終わりが見えてくると、自分の人生って一体なんだったのだろうか、と考えてしまいます。それは、社会的にどんなに偉大な功績を残した人でも同じですね。死の影が見えてくると、自分のしたことなど大したことない、自分の人生がいかに、ちっぽけだったのかと、ウツウツとしてきます。

それは、恐怖ではないのですが、年をとると自分の場合、死ぬときはどういうふうに死ぬんだろうかという考えがおのずと出てきます。特に医者として、死を身近に感じる仕事を長年してきたこともありますが。

私は、西行法師の「願わくば花の下《もと》にて春死なんその如月《きさらぎ》の望月《もちづき》のころ」という歌がいつも頭にあります。

私の昔からの患者さんで、やはり九十歳を過ぎている方ですが、その方は、最近亡くなるまで、私のところに、毎日電話をかけてきました。その方は、どこが痛い、ここが痛い、この辺りが苦しいと肉体的な苦痛を訴えるので、それについて、聞いてあげて、慰めると、非常に安心なさいましてね。といっても、私も、その方も耳が遠いので、実はお互いの言っていることが、正確に通じているかどうかは、はなはだ疑問なんですよ。ただ、その方にとっては、会話ができたということで安心したんですね。私は私で、その方との会話の中で生死の問題を深く考えさせられました。

その方が亡くなる前に、ずいぶんおっしゃっていたのは、「死ぬときはどういうふうになるんだろうな」ってことです。

よく、メメント・モリ（死を想って、よき人生を歩め）と言いますが、六十代、七十代から我々のように超後期高齢者になりますと、メメント・モリは、非常にリアルになってきます。ずっと考えていくと、ますますウツになってしまいます。

死を忘れることが大事だと思いますよ。人間に、忘れる機能が備え付けられていることは重要なことです。**死を忘れて、日々の生活の中で、健康についての小さな夢を持つことも一つの方法**です。私の今の希望は、杖を使わずにスースー歩けたらいいな、肩や首が痛くならないといいな、ということです。そのためには、どうしたらいいか考えているところです。

老人と病人は違う

姉の持病の一つに糖尿病がありました。生活習慣から発症する二型の糖尿病ですが、姉の場合は乳がんの手術後に発症しました。食事制限をして、血糖値を測り、その値によって、インシュリンを打ったりして、きちんと管理する必要のある病気です。うまくコントロールできずにいると、末期には、失明したり、透析治療が必要になります。

でも私は、「糖尿病は、自分でコントロールすればこわい病気ではないから、動いてください」と姉によく言いました。食事をきちんとして、カロリーを抑えていけば、普通の人と同じに生活できるのだということをわかってほしかったからです。自分の注意ひとつで、社会生活ができるわけですから、糖尿病だけをとってみると、寝てなくてもいい病気なのです。

それよりも**お年寄りが加齢による症状を、病気にかかったかのように思い込んで、大事をとりすぎて、家の中に引きこもることはよくありません。**

年をとると、嚥下《えんげ》障害が起きたり、歩けなくなったり、失禁したり、惚《ぼ》けたりといった生理的な現象が起こってきます。これは、生理的な加齢による現象ですから、病気ではありません。老人に特有の症状なので、老人症候群という言い方もします。こういった症状が出てきてもしょうがないんです。個人差はありますけれども、誰でも必ず、その道を通るのです。

今、老年医学会が「フレイル」という言葉を提唱しています。英語ではFrailtyといって、字引をひきますと、「衰弱」とか「虚弱」と書いてありますが、老人の健康状態をあらわす言葉で、自立した健常な状態と、要介護状態の中間の状態のことをいいます。

具体的にどういう状態がフレイルかというと、体重が減ってきたり、疲れやすさを強く実感したり、筋力が低下して、握力が衰え、ペットボトルを持てなくなったり、歩く速度が遅くなって、青信号の間に道路を渡れなくなったり、心身の活力も低下して、趣味に興味をなくしたりということが起こってきます。

そういうフレイルの状態が続いて、やがて寝たきりにつながっていくといわれています。

まさに老いは足から

このフレイルという状態は、老人にしか実感できないものでしょうね。

まず筋力が衰えてくるんです。私が老化を意識して一番に実感したのは、足や手の筋肉の衰えでした。「老いは足から」と言いますが、まさにその通りなんです。

医学用語で、加齢のための筋肉の減少のことを「サルコペニア（加齢性筋肉減少症）」と言いますが、私はこれにあてはまると思います。

つい最近まで、九十歳を過ぎても、歩くのはわりに平気だったんです。でも、姉がいなくなってから、急に足が悪くなってしまって、毎朝、起きるのが大変になりました。さっさと歩けなくなって、とうとう、生まれて初めて杖をつきました。歩行障害で杖をつき始めたことが、一番老いを感じたことですね。

それまでしっかりしていたのは、姉を看てあげるのに元気でなくてはいけないという、無意識の精神力が働いていたからでしょうか。一生懸命やろうとか、どうしてもやってあげようとか、そこまでは力んではいないけれど、どこか気持ちが張り詰めていたんだと思います。

でも、姉が亡くなった途端、急に老いを感じるようになって、足が痛くなり、歩くのが大変になりました。

足や手ばかりではなく、口の中の筋肉もなくなってきます。普通は、口の中に入った食べ物は、いつの間にか、噛《か》まれてなくなっていきますよね。でも、年をとると、いつまでも口の中に食べ物が残るんです。口の中の筋肉が衰えて、働かなくなってくるんです。

ですから、老年者が若い人と一緒に食事をするとき、食べる速度の違いでかなり気を使います。

年寄りを見ていると、食事のとき、いつまでも口をもぐもぐさせていますよ。そういうこともわかってあげないと、介護する人とされる人との気持ちの共有は、むずかしいと思います。

食べるのが遅いからといって、施設の中で、口の中に食べ物がまだ少し残っているのに、どんどん食べさせられるということがあるかもしれません。まあ、大勢のお年寄りのいる施設では、時間的な問題があり、ゆっくり食べてもらうことはむずかしいかもしれませんが。

また、年寄りはいっぺんに食べられないんです。子供じゃありませんが、食べている途中で、ちょっと遊んで、一回りしてきてから食べ始めたりします。うちの姉も、半分くらい食べるとちょっと休んで、また食べ始めたりしていました。

だから、食事に一、二時間かかってしまうこともあるのです。

消化器関係では、逆流性食道炎というものが、今、注目されているようですが、あれも一種の加齢によるものでしょう。

本来、食道というものは、食べ物を下に下にと運んでいく機能を持っている器官ですから、胃酸が胃から食道に逆流するということは、ないんです。消化器は、戻るという生理的な動きはしないはずなのです。これは、年をとってくるとなりやすい病気ですね。

食事と運動でフレイルを乗り切る

年をとると、まず出かけるのが億劫《おっくう》になってきます。日常の買い物もおろそかになり、食事はあるもので簡単にすませるため、栄養のバランスを欠いてくる。外に出て、手足を使い、人と接する機会がなくなるから、ますます筋力が落ち、気分も落ち込み、頭を使うことも少なくなるかもしれません。

そうなると、体の抵抗力が衰えていますから、普通の風邪なのに、回復が遅くなったり、転んでちょっと入院しただけなのに、そこがどこかわからなくなる「せん妄《もう》」状態を引き起こしたりする。健常者なら、なんということもない風邪や足の捻挫《ねんざ》など、ほんの少しのきっかけで、調子が狂い、床についてしまうのです。

けれども、長年の研究により、フレイルの状態にある高齢者に、いろいろなアプローチをすることによって、生活するのに必要な機能の維持、向上が可能になるということがわかってきました。

具体的にどうすればよいかと言えば、食事と運動にもっと気を配ることです。

タンパク質、ビタミン、ミネラルをしっかりとること。それから、ウォーキング

や軽い体操をすることです。

そして、感染を予防するために、インフルエンザワクチンや肺炎ワクチンの接種を受けること。退院したあとは特に体力が落ちていますから、栄養とリハビリでしっかりケアすること。そして、持病でお薬をたくさん飲んでいる人は、主治医に相談して、お薬の数を見直していただくことがよいと思います。

私自身の経験からも言えることですが、**「低栄養」という状態は、高齢者にとっては危険**です。

姉が亡くなってから、食べてくれる人ももういないのだし、好きにやろうと思って、献立や栄養のことも考えず、そこらにあるものを食べていました。食事の回数や、おかずの種類も減っていったんですが、なんだか足に衰えを感じるようになったのです。

これは筋肉の衰えだと思いまして、タンパク質をちゃんと補給しなければいけないと気付いたんです。筋肉の衰えは、転倒や骨折につながりますし、カルシウムが不足すれば、骨粗鬆症《こつそしょうしょう》が進みます。また、免疫力が低下すると、肺炎にかかりやすくなります。

年をとったら、粗食を心がけ、食事の回数も減らし、お肉などの動物性の食品も減らした方がいいと思いがちですが、それでは健康が保てるでしょうか。

筋肉を動かしたり、内臓を働かせるためのタンパク質は、年をとってもずっと必要なんです。

タンパク質って、食べてもすぐにお腹で消化されて、筋肉になるとは限りませんし、何をどうやって食べたら足の状態を、食事で改善できるだろうって、今考えています。

これまでは、姉のために献立を考えていましたが、今は、自分のためにすることに興味が向かっています。

自分なりの睡眠リズムをつくる

介護をしていると、どうしても、厚生労働省や医者の言う、理想の睡眠時間はとれません。それは夜の十二時前に寝て、八時間ぐっすり眠るにこしたことはありませんが、そこは、まずあきらめました。というのは、私は若いころから、睡眠時間が不規則でも、案外大丈夫でしたので、理想的な睡眠についてのこだわりはありませんでした。

中には、理想の睡眠を基準にして、少しばかり睡眠時間が足りないと、気分が悪くなったり、頭痛がしたりと、不調を訴える方もいます。確かに、体調不良になる方もいますが、あまり神経質にならない方がいいと思います。

姉は、特に不眠を訴えたことはありませんでした。眠れないときには、自室で本などよく読んでいたようですが、最晩年になって、「寝るほど楽はなかりけり」と言って、ずっと寝てばかりいるようになったんです。周りの者は、とても心配しました。

うとうとしているところを起こすと、「ふーん」とか言って、目を開けて、ちょっとぼーっとしているんです。でも、そんなときでさえも、「○○さんへの弔電を打ちますから、文章を考えてください」と言うと、即座に「……で、お悔やみ申し上げます」なんて、すらすらと答えるんです。あれには、本当に驚きました。超人的というか、そんなところは、昔となんら変わりがありませんでした。人間の頭脳とは、本当に不思議ですね。

私の場合、姉がいるときは、午前二時に寝て、午前六時に起きていました。日中、疲れてきたな、何かやるのがいやになったなと思ったら、椅子に腰かけて、居眠りをしましたから、トータルすると、六時間に十分なっていました。トロトロと睡魔に襲われての居眠り、これが極楽でしたね。そのあとは、頭も体もすっきりしましたから。

姉が亡くなってからは、自由に就寝時間をとろうと考えて、十二時前に寝たんです。そうしたら、だめですね。夜中に目が覚めてしまうんです。これはいやなものです。

だいたい独りで、夜中に目が覚めるのは、いけません。いろいろ悪い思いが出てきて、朝まで眠れなくなりますから。だから、元通りの午前二時就寝にしました。二時に寝れば、目が覚めませんから。もう眠たくてしょうがないところまで起きていて、ふとんに入ると、ぱっと眠れます。

皆さん、ふとんに入ってから寝られないとおっしゃるのは、床につく時間が早すぎるんですよ。だから寝付くまでに時間がかかり、早く寝なくてはと焦るから、余計、目が冴えてしまうんです。睡眠導入剤など一度も飲んだことはありません。

今飲んでいるお薬は、胃薬とお腹がよく通るようにする緩下剤《かんげざい》です。

この胃腸のお薬は、私にとって、人生の友のようなものです。最初に飲み始めたのが、東邦大学医学部第二生理学教室に配属されたころですから、六十年近くになります。このころは、基礎医学の最前線で仕事をしているという気負いと責任で、ストレスがたまっていたのでしょう。すぐお腹や胃が痛くなって、しかたがありませんでした。そのとき以来の付き合いです。

一般的に、年をとるにつれ、眠りに入るまでの時間は長くなります。また、夜中に目が覚めてしまうことが多くなります。眠りの質が悪くなって、熟睡感がなくなるんです。

また、筋力が低下しますから、ちょっとおふとんが硬かったりすると、体からの圧力が腰や背中に集中してしまって、朝起きたときに、体のあちこちが痛くなったり、肩が凝ったりします。**いつも使っている敷ぶとんやマットレスは、定期的に上下を逆にしたり、表と裏をひっくり返したりすると、寝心地が向上する**そうです。

おしゃれは最高の気分転換

おしゃれはいくつになってもしたいです。お化粧をします。そうすると、気分が変わるんです。**病人でも、お年寄りでも、お化粧をすると、脳に刺激が与えられて、気分がさわやかになったり、やる気が出る**という実験結果があります。それだけでなく、眉を描いたり、ファンデーションを塗ったりする作業では、腕や手の筋力が向上して、ＡＤＬ（activities of daily living、日常生活動作）の維持、向上に効果があるとして、化粧品メーカーの資生堂では、化粧療法を開発しているといいます。

私は昔から口紅のケースをずっとためています。口紅の空容器のコレクションです。あれに針や糸を入れて、持って歩くのに便利なので、捨てられないのですが、それとは別に、口紅って、女性の人生の証人みたいな気がするんです。この口紅をつけて、どこどこへ行ったとか、外国の学会に出張したとか、また八十歳の新春の門出に赤い口紅を買ったとか、自分が歩いてきた半世紀以上の年月が詰まった宝物なのです。

着る物も好きですね。若いころからお裁縫をするので、既製服は一度ほどいて、自分で好きなように直します。ですから、みんなには、「できたもの買うのよしなさいよ。どうせほどくんだから」と言われていました。自分の身に合った洋服を着たいんですね。

特に、**病院に入院したときは、気分を変える意味でも、夜はパジャマ、昼間は部屋着というように着替えて、スカーフでアクセントをつけていました。**そうしますと、全面的な病人にならなくてすむような気がするんです。たとえば、今は少し、脳にトラブルのある人間、胃腸が故障した人間、というように、自分のことを客観的に見ることができます。そこさえ治れば、元気になると考えられるんです。

おしゃれは、自分だけのためでなく、社会に対しても行う方がいいと思っております。きれいにしている方が、見る人も気持ちがいいでしょう。

姉の介護のとき、私は、日に何回か着替えていました。近くのスーパーに買い物に行くとき、自分のクリニックに行くとき、また、役所に手続きに行くとき、郵便局に手紙を出しに行くとき、と。そうすることによって、生活にメリハリができるんですね。一日中、介護に明け暮れる人間から解放されるのです。

テレビの番組で、高齢の女性をプロのスタイリストさんの手で、若々しく変身させるというものがありますね。でも、**人にしていただくより、自分であれこれ考えて工夫した方がずっと楽しい**ですよ。

小さいころ、着せ替え人形で遊びましたでしょう。女の子なら、誰でも夢中になったと思います。今は、自分に対してやっているんです。「一人着せ替え人形ね」と笑われますけれど。

姿勢は若さのバロメーター

人間にとって、スムーズに活動するために大切なのが、姿勢です。年をとると、頭の重さを支える背筋が衰えてくるので、前かがみになってしまいます。こうなると、つまずいたり、転倒したりすることが多くなります。私は最近になって、杖をつくようになりましたが、杖をついて歩く方が、姿勢よく歩けます。最初は、おばあさんみたいでいやだなと抵抗があったのですが、今となっては、もっと早くから持てばよかったと思いました。

姿勢を矯正するために、私は、特製の器具を持っているんです。**むちうちのときに使うベルトの簡単なものを、整形外科の友人に作ってもらいました。**

立って食事の支度をしているとき、姉に、もう一品作ってあげたいなあと思っても、肩がぐうっと凝ってきて、できないことがずいぶんありましたが、このべルトを首に巻くと、頭を支えてくれるので、前かがみにならないで、背骨が楽な感じになるのです。

でも、ずっとつけていると筋肉が弱るから、つけっぱなしはだめと言われました。ですから、凝って困ったときだけにしていますけれど、やはりつけると楽ですね。**背骨がまっすぐになるので、肩こりもとれる**と思います。

それと、枕も重要です。私は、**薄い枕をいくつも重ねて使う**んです。一番はじめの枕は、熱をためない、アクアビーズの入った枕を使っています。昔から頭寒足熱というように、頭に血が上って、熱をおびていると、神経が興奮して、睡眠に入れません。それで、頭の熱をとるために、冷たいものを使います。ベッドサイドにタオルをいくつか置いて、そのときの状態で、高さを調節します。市販の大きな枕一つだと、高さがちょっと物足りない気がします。

これは人それぞれかもしれませんが、年をとると、鼻とのどの間にものが下りてくるんです。ペタンと低い枕で寝ていると、下りてきたもので、寝苦しくなり

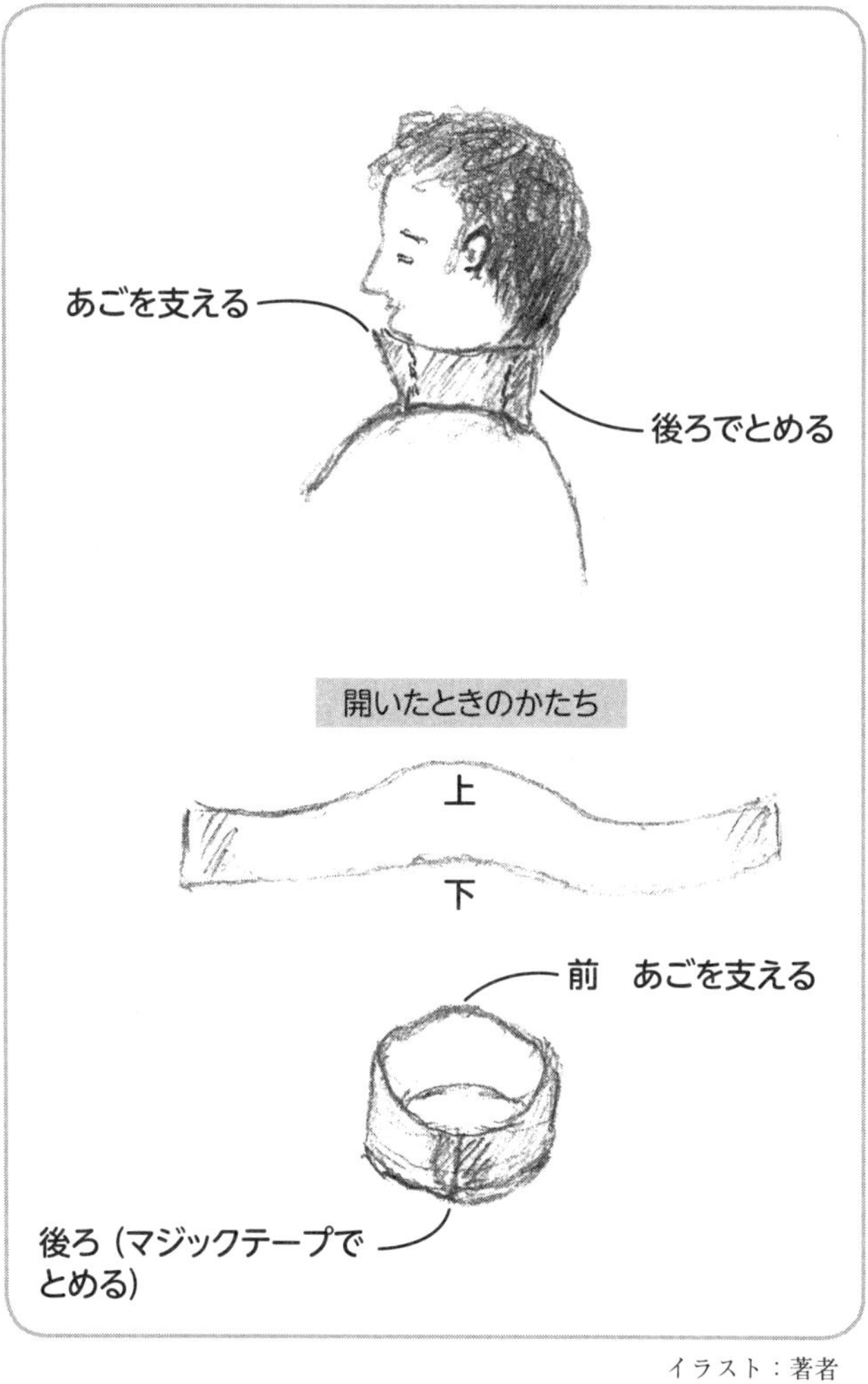
あごを支える
後ろでとめる
開いたときのかたち
上
下
前　あごを支える
後ろ（マジックテープでとめる）

イラスト：著者

ます。リクライニングのベッドだと、頭を上げて、鼻からのどにかけて傾斜をつけられるのですが、平らなベッドの場合、どうしても、鼻とのどの関係が思わしくありません。**そのときの体調によって、寝る人が高さを自分で調節できる枕がいい**と思います。また、肩こりも枕によって軽減できるようなものがあればいいなと考えています。

小さな趣味で隠れ家をつくる

介護生活がどんなに辛くても、忙しくても自分の趣味の世界は確保しておくといいですね。若いころは、能管《のうかん》を吹いていましたが、足をけがして正座ができなくなり、代わりにフルートを始めました。けれど、入れ歯になったら、澄《す》み渡った音色を出せなくなり、なんとなく遠ざかりました。その代わり、姉が勧めてくれた短歌の道に分け入りました。歌人の馬場あき子先生に師事したのが、平成二年（一九九〇年）のことです。歌づくりは、定年後の私の生活を支える大きな力でした。

最初は、四苦八苦しながらも、欠詠《けつえい》しないように精を出していましたが、ときには体の内から、素直に一首が立ち上がることがあります。そんなときは、日本語の持つ奥深さを想い、また言葉から伝わるリズムに喜びを感じます。**悲しいとき、落ち込んだときに歌を詠むと、気分が昇華され救われます。**

歌を詠んでいるときは、不思議なもので、私の心は、時空を自在に天駆けるようです。若き新米医師だったころの歌を詠めば、そのときの状況がまるで昨日のことのようによみがえり、そこにいるのは、首から聴診器をかけて、白衣姿で木造の大学病院の廊下を小走りに急ぐ三十代前半の自分です。そのときの記憶が鮮やかな現実となって、目の前に映し出されるのです。

受け持ちの患者の逝きし明け方に独り涙す若き日のわれ
能管も生くるに似たりいたわれば過ぎし日の音甦りきぬ

自分が昔詠んだ歌集を、超高齢者になった今パラパラとめくる喜びもあります。忘れていた感情が一気によみがえります。

シュレッダー悲喜こもごもの古手紙秘めし思いも葬りてゆく
人恋うる心をさらに果たさねど八十路行く身はすずしかりけり

昔の口に出せない想いが、歌の中に息づいているようで、「私だって、恋をしたわよ」と、昔時《せきじ》がほのぼのよみがえります。
このような豊かな感情を、九十代になっても、体験できることが、歌詠みのだいご味とも言えます。私にとっては、どんなサプリメントよりも、生命を活性化してくれるのです。

また、コンピューターも、私にはなくてはならない隠れ家です。**ベルギーにいる甥《おい》たちとメールのやりとりをしたり、インターネットでいろいろな知識を得るのは楽しいこと**です。姉の死亡を知ったブルガリア大使夫人から即、慰めのメールをいただきました。オランダから届いたので驚きました。スマホは持っていませんけれど、あったら便利でしょうね。興味があります。

いろいろと趣味を持つことも、老老介護をやり遂げる大きな支えではないでしょうか。

ぴんぴんころりのありがとう

姉は、今年の一月二十三日、東京の明治記念館で、九十六歳のお誕生日を百名ほどのお客様にお祝いしていただきました。あいさつに立った私は、姉の様子を「下半身は車椅子になっておりますが、上半身は、とても元気で、特におつむの方は、年々冴えていくようで、このまま百歳を迎えられるのではないか」とお話ししました。

その日は、ことさら元気で、声も張りがあり、機嫌よく休みました。その明け方、トイレに起きたときに、膝をついて立てなくなったんです。私は姉の体をチェックしましたが、これは急を要するものではないと判断し、朝になって、病院に連れていきました。幸い、骨折もなく、少し休養すると大丈夫でしょうということで、そのまま入院しました。

一月二十七日の共同通信社の取材も予定通り、入院中の病院でさせていただき、その翌日には、さらに元気になり、夕食を全部平らげて、「退院したら、大好きなうなぎを召し上がれ」と主治医の先生が言われるほどでした。家族も付き添ってくださった方も、これでまた、復活できたと安どしましたが、一月二十九日朝、私が自分の受診のため、大橋の大学病院へ向かっていたとき、姉の病院から私の携帯に連絡が入ったのです。姉の血圧が急に下がったということで、直ちに姉のもとに駆けつけました。

まだ意識はあり、私の手を探して握り、目はつぶったまま首を動かしました。思えばそれが私への最後のさよならだったのです。

先生や看護師さんがいろいろ対応して処置してくださり、親族が集まったときは、皆の呼びかけがわかっているように見えましたが、だんだん脈も弱くなり、血圧も医療的処置に反応しなくなってきました。

先生から、延命処置について相談されましたが、年も年ですし、それで回復できるなら別ですが、型通りの延命処置のために、あえて苦しませてはかわいそうだし、相すまぬと思い、苦しみや痛みがあれば、それを除いてあげる処置のみをしてほしいと申し上げました。

そのようにして細々と命をつなぎながら、子や孫や親族、友人が見守る中、本当に静かに、眠るように、この世からあの世へと旅立っていきました。

若いころ大きな病気をしたことのない姉は、六十代に乳がんの手術をし、左側の乳房を失い、さらに夫を亡くしてから、いくつもの病気を克服し、生命の危機を一度ならず乗り越えて、旅立つ寸前まで現役を貫きました。

九十六歳の天寿を全うしたことに、子供たちはきっと「よく」生きてくれたとほめているでしょう。

病気やさまざまな困難、特に結婚後の難題に負けず、その都度、己のうちに何かをいただき、自己陶冶《とうや》の業を成し遂げた姉です。その生きざまから、私は大きなインパクトを受けるのです。

医師として、多くの方々の最期も見てきましたが、我が姉ながら、あっぱれな逝き方でした。不思議なことに、息を引き取ってから、姉の顔がどんどん若く、きれいになっていったのです。以前、お坊様から、この世に一つも念を残さずに生を全うした人の顔はどんどん若くなるのだ、と伺ったことを思い出し、姉も迷わず、まっすぐに愛する夫や父母の待つ世界に飛んでいったのだなと納得しました。

大正八年（一九一九年）、一月二十三日、独特の哲学を持つ父から、「世の中の光になるように」、宇宙から、天と光という文字をいただいて、天光光と名付けられてから、九十六歳で天に帰るまで、姉は常に、世のため人のためという熱い想いに突き動かされて、その人生を駆けてきました。

毎日新聞の記者さんが、追悼記事で姉について「波乱万丈の人生のなかにあって、生涯求めていたのは、静けさではないか」というようなことを書いてくださいました。まさしくそうだと思いました。

姉と私の二人暮らしは、十年近くになりましたが、世間話や噂話をするわけではなし、あまりの無口さに、娘の回光と嘆いたものです。「家で話すと、損するとでも思っているのかしら」と。しかし、今思うのは、姉は家で静けさの中に閉じこもって、たくさんのエネルギーを蓄えていたのではないかということです。

静けさの中で、先だった夫・園田直、父・松谷正一、母・とく、妹・徳子などと語り合って、何か知恵をさずけてもらっていたのではないかと。

姉は九十六歳で亡くなりました。皆様、「大往生でしたね」と言ってくださり、本当にお手本にしたいくらいの逝き方でした。**大往生するためには、ある意味、健康でないとできないんです。長い間、家で寝付いたり、入院していたりする人は大往生とはいかないん**です。病気で死ぬときは、大往生できないんです。

姉は遺言により、病理解剖いたしました。その結果報告を私も見たのですが、臓器が小さく縮んでいるものもあり、特に心血管の損傷は顕著でした。しかし、がん細胞が体の中にありませんでした。がんは、すっかり消えていたのです。

一番の理想は、健康寿命で、ぴんぴんころりですね。

姉がどうして大往生できたかというと、天命と自分の体の状態と、そのすべてがバランスよく組み合わさったためではないでしょうか。これは人が決められないことです。

人は、天命を知ることができるのか、このことを知りたくて、人間は占いや宗教を発展させたのかもしれません。でも、身近にいる者や本人は、なんとなく、それをわかることがあるのではないでしょうか。

姉が亡くなる十日くらい前から、私が妹に「お姉様、かわいそうね」と何回か言っているんです。どうしてそう言ったのかわかりませんが、なんとなく姉を見ていて、「かわいそう」という感じが自分の中でわき上がってきたんです。あとから考えると、姉の日常のしぐさの中に、感じるものがあったのだと思います。

姉自身にも、それはあったのではないかと、私は感じているのです。最後になったお誕生日会で、姉があいさつしたのですが、そのとき、姉は大きな力強い声で、何度も何度もありがとうございますと、言っているのです。しばらく話したかと思うと、また、ありがとうございます。会場をゆっくり見渡して、お一人お一人をじっと見つめるようにして、そう言うんです。何度もそれをくり返すものですから、私は、姉がとうとう惚けたのかと、本当に心配いたしました。しかしこれは、老化でも惚けたのでもなく、この世で最後にお目にかかるであろう皆様方に、感謝の気持ちをあらわしていたのだと思います。

あの、深く頭を垂れて、万感の想いをこめて発するありがとうの声が、今も私の頭の中で響いています。

介護保険の使い勝手の悪さに一言

私は、**心身の衰えていない老人は、老人ホームのような施設や老人病院に入るよりは、自宅で暮らすのが幸せ**だと思っております。そのためには、介護保険をうまく使うことが大切ですが、これがやはり使い勝手が悪いのです。介護保険を作った厚生労働省の担当者も、市役所や区役所の現場の方も、当然のことながら、年寄りではないので、年寄りの気持ちや生活を自分のものとして、理解していないのですね。それが問題だと思います。

最初に、介護保険の申請に市役所に行ったのは、私も姉もともに八十代でしたが、一つ屋根の下に、二人で住んでいるということで、認めていただけませんでした。老人二人で暮らすということは、生活上の困難も二倍になることだと説明して、やっと受けることができました。そのときの状態は、姉は退院してきたばかりで、私も左足のかかとを手術して後遺症をかかえているときでした。審査の後、姉は、要介護1、私は要支援1という認定を受けました。

私が実感した使い勝手の悪さというのは、**介護してくださる方の規則が細分化しすぎていること**ですね。

たとえば、お花に水をあげてはいけないとか、郵便を帰りがけにポストに投函してもらってはいけないとか。体が動かなければ、お花の水やりも不可能です。花は老人の生命を維持するのに、必要ないと言われればそれまでですが、花という生命が、部屋の中で生き生きと咲いているというだけで、人はエネルギーをもらうものなんです。元気になるんです。

その点で言えば、ペットもそうですね。ペットのえさをあげるのも、いけないんじゃないでしょうか。ペットの存在は、一人暮らしの老人にとって、かけがえのないパートナーです。命の支えです。中には、自分のことより、ペットのことが心配で、世話してほしいという人もいます。その点、もう少し介護される側の心に寄り添っていただけるといいのですが。

また、仕事が時間内に終わらなければ、途中で打ち切りか、自費になってしまいます。そのためにも、やっていただく仕事を用意しておかなければなりません。介護の方に来ていただくには、家の中に他に、それを差配する人が必要なんです。もし、姉が寝たきりで、私がいなかったら、介護の方が来ても、うまくいかなかったでしょう。そこが問題ですね。

それから、私自身のことでささいなことですが、椅子に座したとき、やせたおしりが痛いので、無圧ふとんが欲しいのですが、車椅子との組み合わせ以外は、単独では介護保険の対象としてリースができないのです。私は、車椅子にはまだお世話になっておりませんので、使えないのです。

他に問題だと感じたのは、知人の母上のケースです。その方は、三年前、脳梗塞で倒れたあとも、地方で一人暮らしをされています。要介護2で、おもに脳梗塞後のリハビリを目的とした介護プランが立てられたそうです。その中に、料理をヘルパーさんと一緒に作るということがありました。

当然ヘルパーさんは、訪問する時間は決まっています。週三日、午後二時から三時に来て、一緒に夕食のおかずを作るというわけです。

ところが、その時間に、いつも元気で起きていられないのが老人です。体がだるかったり、頭が重かったりと、昼寝したいと思って横になっていてもヘルパーさんが来て、「サア、お料理作りましょう」と包丁を持たされるのだと言います。これは辛いです。**老人にとって、変化する体調の波に逆らわず、ゆったりと生活**

できることが、一番大切なことですから、寝ていたいときに起こされて、仕事をさせられるのは、酷です。

かといって、老人のその日の体調や都合に合わせて、スケジュールを変えるのは、介護ビジネスとしては無理なことです。特に、若いホームヘルパーさんは、いくつものお宅に行かなければなりませんから、ついつい時間割厳守になります。その辺りのところを、時間に余裕のある年配のホームヘルパーさんに補っていただくことはできないでしょうか。

一緒に調理をするという仕事以外にも、起きるとき、床につくときの着替えを依頼しているケースでも、どうしても約束の時間にできない場合には、事務所に電話をして、時間を変更してもらう……といった融通性があれば老人のストレスは軽くなるのではないかと思います。私の場合も、ときには時間を変えてもらう勝手を聞いてもらうことがありました。

現在、私は一人になって、介護認定は要介護1です。

毎月、ケアマネージャーの方が、プログラムの調整に来てくださるのですが、この八月から、自己負担が二倍になりました。経済的負担も大変です。今、老後の生活の破たんとか、経済の問題が大きなテーマになっていますが、私自身、現実を見ると考え込んじゃうこともありますね。自分自身、どこまで続くのかなと。

あるケアマネの方がおっしゃってました。自己負担が二倍になると、介護の日にちを減らしてくださいという方がだいぶ出てきましたと。

私が今、していただいているのは、お手洗い、洗面所、お風呂と家族共同の部屋と階段、廊下のおそうじを週一回と、足の悪いときに買い物を週一回頼んでいます。**自分の部屋は、自分でそうじ**しております。もう一回は、料理の下ごしらえとキッチンの床そうじをお願いしています。野菜を洗ったり、刻んだり、ときにはお惣菜を作っていただいています。少し時間が余ったとき、お花の枯れたのをとってくださいというのはだめなんです。生きていくことに関係ありませんから。

また、雑誌などの資源ゴミを、ひもで結んでもらう仕事を頼んでいます。ところが、ゴミを出すのって、朝ですよね。朝はお願いしていないので、結局自分で出さなければならない。今は動けるからいいですが、もう少し年をとったら、どうなるのでしょうかね。

これからの私のシュウカツ

今、シュウカツという言葉が流行っておりますね。

竹光会のお仲間と、会議のあとのお食事会などでは、この言葉がよく出てきます。みんな似たり寄ったりの後期高齢者ですから。「シュウカツ」と言われて、私、最初は就活――就職活動だと思ったんです。で、こう答えました。

「最近、知り合った方のお父様が私と同じ年のお医者様で、五反田でクリニックをしていらっしゃるんですって。で、その方のお悩みは、耳がよく聞こえないので、患者さんにムンテラがよくできないと言うんですって」

ムンテラというのは、ドイツ語の「口」という意味の「ムント」と「療法」という意味の「テラピー」が組み合わさって、ムントテラピーという言葉になり、それを縮めたものです。

一般的に、医者が患者さんに、病状の説明をし、治療方法を納得していただくことです。ムンテラはとても大切で、私たちの若いころは、カーテンの向こうで、指導教授がムンテラを聞いており、あとでたっぷりしぼられたものです。

治療というものは、患者と医者の共同作業なので、それを円滑に行うためにも、ムンテラは基本中の基本だと言われていて、私、内科医のころ、このムンテラが得意だったものですから、今でも自信があります。それで、「お宅のクリニックで、私をムンテラ用に雇ってください」と就活してしまったという話をしました。

でも、竹光会の皆さんが話していたのは、「終活」でした。自分の人生のフィナーレをどう演出するかということでした。**私は、今の自分の人生の幕引きを形で演出するのは、どうも性に合いません。**何か商業主義に流されているようで。

私の親の世代では、皆、高齢になると、自分の旅立ちに際しての白装束《しろしょうぞく》をそっと用意していたものです。頭につける三角巾、白い着物、白足袋、杖、白い袋など。最近でも、百六歳のお祖母様を亡くされた方が話していました。その方は、九十代くらいから、一人でご自分の旅衣装を縫っていたそうです。それもご自分の花嫁衣装として持ってきた羽二重《はぶたえ》で。

私も、自分の思い出の服や好きだったものを一つにまとめて、わかるようにしておくくらいのことはしたいと思いますが、私は今のところ、そこにいたるまでのプロセスの方に関心があります。

まず、就活をして、ムンテラを専門とする医師の職につくこと。

週三回くらいは、杖をつきながら出勤したい。いただいたお給金で、たまには流行のセーターの一つも買ってみたい。最近は、洋服屋さんに足を向けることもなくなってしまったので、楽しみです。仕事帰りに、お気に入りのカフェで、大好きなケーキとお茶をいただき、一服したい。

体が弱ってきたら、介護保険を中心に、在宅でがんばっていたい。できる限り自分で行い、いよいよ体が壊れてきたら、病院に入院させていただき、二日か三日で旅立っていきたい。健康寿命を全うしたいと思っていますが、さて、どうなりますか。これればかりはわかりません。

大切なことは、死ぬ瞬間まで元気に生命の炎を燃やし続ける覚悟と、今日一日、元気に生き切ったら、いつ死んでも悔いがないという気持ちを併せ持つことではないかと感じています。

老老介護　十得

老老介護は、今となっては、楽しかった、よい体験だったと思いますが、渦中にいるときは、やはり大変だと感じもしました。

こうしたからよかった、ああしておけばよかった……など、私の体験からまとめた十の心構えを、「十得」として記してみました。

1　ほめてほめて、感謝する

人間、いくつになっても、ほめられれば、やる気が出ます。

少しでも自分でしていただいて、楽をしましょう。

そして、がんばってくれたことに、一言、「ありがとうね」と感謝しましょう。

2　できることを一生懸命、できないことは目をつぶって

誰でも得手不得手があります。

介護でも、すべてに百パーセントを目指すのではなく、できることを一生懸命、あとは手を抜くか、助けを求めるかして、気負わずに。

3　介護はチーム力で

一人で全部しょい込まないこと。

自分が司令塔になり、メインになるのはいいのですが、他に二人、助けてくれる人を集めましょう。

介護保険のヘルパーさん、兄弟姉妹、肉親、友人など、三人でお年寄りの情報を共有しましょう。

4 お年寄りも介護者も一日一回、一人になる時間を作る

介護する側とされる側は、関係が密になりがち。
毎日一緒にいると、逃げ場がなくなり、窒息状態になります。
そのためにも、一日一時間くらい、お互いに一人になる状況を意識して作りましょう。

5 相手のペースに合わせる

禁句は、「早くしてね」「急いで、急いで」。
そう言われただけで、お年寄りは混乱し、ますます遅くなります。
相手に自分の呼吸を合わせるつもりで、ペースを作り上げるといいでしょう。
ただし、お財布だけは、しっかり管理した方がよいかもしれません。

6 相手は、ライバル、よきパートナー

老老介護は、実はお互いの競争心をかきたてられて、二人とも元気になるものです。

介護する方も、介護される方も、負けん気が出て、よい結果をもたらします。

7 自分をはげます言葉を持とう

辛いとき、壁にぶつかって、身動きがとれなくなることもあります。

そんなとき、突破力になるのが自分を鼓舞する言葉です。

私の場合、「宿命じゃ！」。

そう自分に言い聞かせると、不思議とパワーが戻ってきます。

8 自分の健康管理を万全に

老老介護の前提となるのが、介護する側の健康です。

自分のことを後回しにして、相手に尽くすのは、一番いけないことです。

日々、相手の健康状態を気にすると同時に、自分のことも必ずチェックして、最低年に一回の健康診断を受けてください。

9 心の健康のために、一点おしゃれ主義

女性でも男性でも、脳をはつらつとさせるために、必要なものの一つが、身だしなみです。

といっても、むずかしいことをする必要はありません。

一つだけ、こうすると自分の気持ちが元気になる、前向きになるというおしゃれを見つけて、実行したらいかがでしょうか。

私は、美容院で髪をきれいにすることで、気分が明るくなります。

10 年寄りの気持ちは年寄りが一番わかる

まず、自分の心の中から、暗い、弱気な、不安な要素をなくして、静かに平和に生きていきましょう。

自分のもやもやは、相手にすぐ伝わってしまうのが、老老介護の恐ろしさ。ともに元気で幸せに暮らすためには、自分の中の喜びごとを見つけて、感謝しましょう。

あとがき

年を重ねると、少々のことでは驚かないし、生活が大きく変わることもありませんが、今年は私にとって、忘れられない年になりました。

一月に、最愛の姉・園田天光光を亡くし、また、その一ヶ月後に、妹・天飛人の夫が急逝し、そして、五月には、私の医師人生に言葉では言い尽くすことのできないほど大きな影響を与え、晩学の私を基礎医学の道に導いてくださった恩師を亡くしました。

さすがの私も少々落ち込み、無気力になっていました。そのようなとき、出版社の方から、「老老介護をなさってらしたんですね。お話を聞かせてください」と言われました。はて、姉と私がともに暮らし、姉の世話をしたあの日々が、世に言う老老介護にあたるのか、と思いました。

しかし、今後私のように、八十代、九十代同士が助け合って生きていかなければならない時代がそこまで来ていることを考えると、何かお役に立てるかなと思い、お話をいたしました。

何分、特殊な姉と妹の介護物語です。ただ、姉が、世のご主人様以上に家事が苦手なものですから、結婚したことのない私にとって、一緒に住み始めて感じたことは、まるで、「つれあい」を持ったみたいだわ、ということです。そのような意味において、ご主人の介護を担う奥様方の参考にも、少しはなれるかしらと思ったりもします。

すべてが終わり、一人になって感じるのは、姉の晩年の世話をしたということは、私にとっては、非常に自然のままです。「宿命じゃ!」だったのです。苦労という感じではなかったということです。

もちろん、大変な日はございましたよ。でも、それを含めて、私にとっては、幸せな時間だったのです。

最近、こんな歌を詠みました。

姉と吾幼きころのたたずまい老いし二人に戻りきしかな
介護するされる身共に九十路ゆく余す力を競う日々なり
今は亡き姉と辿りし老いの道尊き日々と手をば合せり

松谷天星丸

私のささやかな体験談が世に出るにあたり、多くの人たちのお力をいただきました。特にやさしく、忍耐強く見守ってくださった編集部の相馬裕子さんに心から感謝いたします。

二〇一五年晩秋

次女　著者
四女　徳子
長女　天光光
三女　天飛人

〈著者プロフィール〉
松谷天星丸（まつたに・てんほしまる）
大正11年（1922年）9月、東京に生まれる。医学博士。昭和31年（1956年）東邦大学医学部卒業。実地修練後、東邦大学医学部助手として内科学を専攻（故阿部達夫教授、故里吉営二郎教授に師事）。臨床に従事、その後基礎医学（生理学）に移籍、神経化学を専攻する。昭和49年（1974年）藤田保健衛生大学医学部教授、同大学院医学研究科委員会委員、東邦大学医学部客員教授、その後、川村学園女子大学教授を歴任。他に、青山学院女子短期大学、早稲田大学文学部などで非常勤講師を務める。「現代精神医学体系ⅡB」（中山書店）、「神経の変性と再生」（医学書院）、その他数編に分担執筆。近著に松谷天星丸第一歌集『満天の星』（角川書店）などがある。

96歳の姉が、93歳の妹に看取られ大往生
2015年12月10日　第1刷発行
2015年12月15日　第2刷発行

著　者　松谷天星丸
発行人　見城 徹
編集人　福島広司

GENTOSHA

発行所　株式会社 幻冬舎
〒151-0051　東京都渋谷区千駄ヶ谷4-9-7
電話　03(5411)6211(編集)
03(5411)6222(営業)
振替00120-8-767643
印刷・製本所　株式会社 光邦

検印廃止

ISBN978-4-344-02866-1　C0095
幻冬舎ホームページアドレス　http://www.gentosha.co.jp/

この本に関するご意見・ご感想をメールでお寄せいただく場合は、
comment@gentosha.co.jpまで。